오늘의 초록

오늘의 초록

삶을 단단하게 성장시켜 주는 식물의 다정한 위로

초 판 1쇄 2024년 07월 04일

지은이 윤미영
펴낸이 류종렬

펴낸곳 미다스북스
본부장 임종익
편집장 이다경, 김가영
디자인 임인영, 윤가희
책임진행 김요섭, 이예나, 안채원

등록 2001년 3월 21일 제2001-000040호
주소 서울시 마포구 양화로 133 서교타워 711호
전화 02) 322-7802~3
팩스 02) 6007-1845
블로그 http://blog.naver.com/midasbooks
전자주소 midasbooks@hanmail.net
페이스북 https://www.facebook.com/midasbooks425
인스타그램 https://www.instagram.com/midasbooks

ISBN 979-11-6910-711-2 03810

값 **17,500원**

미다스북스는 다음세대에게 필요한 지혜와 교양을 생각합니다.

삶 을 단 단 하 게
성 장 시 켜 주 는
식물의 다정한 위로

오늘의 초록

윤미영 지음

미다스북스

프롤로그

: 모두의 마음에는 초록이 필요하다　　　　　008

씨앗을 심다

: 내 마음이 초록이 되면 좋겠다

1. 일상 속 명상, 초록의 힘   015

2. 초록으로 가득한 힐링 공간   023

3. 불청객이 두고 간 깨달음   030

4. 기다림의 끝에서 만날 수 있는 것   035

5. 있는 그대로 사랑하는 방법   040

6. 식물로 치유하는 상처들   047

7. 때로는 유연하게 삶을 돌본다   053

8. 내 안의 씨앗이 싹틀 때까지   061

9. 어디를 향해 자랄 것인가   066

10. 식물을 기르며 프로가 된다   071

11. 여전히 내 마음은 배울 것이 많다   077

12. 흔들리며 피지 않는 꽃은 없다   083

새싹이 돋다
: 다양한 초록의 세계에서 매일 자란다

1. 나만의 작은 숲을 가꾸며   093

2. 초록 지붕의 빨강 머리 앤처럼   099

3. 지구를 위해 오늘도 초록합니다   106

4. 숲에서 어른이 된다   112

5. 소심한 채식주의자   120

6. 네 잎 클로버를 발견하려면   127

7. 싱그러운 청귤청을 담그며   132

8. 초록을 채우기 위한 비움   139

힘껏 자라다
: 식물을 만나고 내 삶이 더 단단해졌다

1. 내 마음이 초록이 될 때까지　　　147

2. 진정한 쉼은 초록의 다른 말　　　153

3. 쓰면 쓸수록 마음은 초록이 된다　　　160

4. 공유하고 소통하며 자란다　　　166

5. 사랑하는 모든 것을 기록하는 시간　　　174

6. 워킹맘의 슬기로운 독서 생활　　　180

7. 일상을 작은 즐거움으로 채우는 시간　　　187

8. 맨발로 걸으며　　　195

9. 내 삶을 더 단단하게　　　201

에필로그

: 다정한 초록으로, 삶이 더 단단해지는 시간　209

감사의 말　　　212

: 모두의 마음에는 초록이 필요하다

모든 계절의 반짝임을 사랑하는 사람이 있다면 나라고 손을 들어야겠다.

식물을 기르며 모든 계절의 반짝임을 더 친밀하게, 더 자세하게 느끼며 살아가고 있다. 세상에는 키우지 못할 식물보다 잘 키워 낼 수 있는 식물들이 훨씬 더 많아졌다는 사실을 행복하게 받아들이고 있다. 식물을 키우는 사이 수많은 식물이 죽어 나가는 긴긴 시간을 지치지 않고 잘 견뎠고, 식물에 대해 끊임없이 알아가며 사랑을 키워 왔다. 어쨌든 시도조차하지 못하는 사람이 아니라 시도하는 삶에 조금씩 무게를 더 얹어보려고 애를 썼던 내 마음이 조금은 기특하게 느껴진다.

마흔을 넘어선 어느 날, 우연히 내 머릿속에 동맥류가 있다는 사실을 알게 되었다. 그날부터 나는 내 삶에서 죽음이라는 존재에 대해 마음 깊이 생각하게 되었다. 철학자 니체도 언제든 죽음이 찾아올 수 있다는 두려움을 안고 살아갔다고 한다. 덕분에 삶에 대한 자신만의 철학을 치열하게 만들 수 있었을 것이다. 죽음을 맞이하는 태도에서 삶을 대하는 태도를 배울 수 있다고 말한 니체처럼 나도 인생의 하루하루가 얼마나 절박하게 소중한지를 깨달았다. 하지만 한편으로는 동시에 불안과 걱정에서 쉽게 벗어나기 힘들 정도로 마음속에 폭풍우가 치는 시간도 있었다. 그때 식물의 생명력이 다정한 위로가 되었다. 죽을 것 같던 식물이 새잎을 피워 올릴 때, 병충해에 시달리면서도 한쪽에서는 꾸준히 성장을 지속할 때 식물처럼 살아가면 되겠다는 마음이 나를 살게 했다.

식물이라는 작은 생명을 키워 내는 일은 매 순간 생명의 탄생과 기쁨에 대해 알려 주기도 했고 때로는 내 마음을 들여다보도록 해 주는 거울 같기도 했다. 초록이라는 거울을 통해 나 자신을 끊임없이 비추어 보며 마음의 폭풍우 속에서 나를 조금씩 꺼낼 수 있게 되었다. 타인의 모습과 삶이 아니라 초록이라는 거울을 가지고 있다는 것이 얼마나 다행인지 모른다. 이 책을 쓸 때 식물을 키우는 일에 관해, 내가 키우는 식물의 다양한 종류에 관해 가볍게 이야기하고 싶었다.

그러나 결국 초록으로 다가온 많은 마음과 그로 인해 내 삶이 더 다정해지고 단단해지고 있음을 쓰게 되었다.

식물에 대해 잘 알게 될수록 우리는 자신과 더 가까워질 수 있다. 매일 식물을 돌보는 일상을 통해 나를 객관적으로 바라보고 나 자신을 돌보는 법을 조금씩 알아 가고 있다. 그리고 그 돌봄은 한없이 확장되어 주변의 다른 것들에도 그 마음을 나누어 주게 된다. 초록 식물을 기르는 일로 시작한 자그마한 도전들이 내게 책을 쓸 기회까지 주었으니 나에겐 한없이 고마운 존재이다.

취미로 식물을 기르다가 책을 쓰는 사람이 될 수 있다는 것이 여전히 믿기지 않는다. 그러고 보면 인생은 새로운 것들에 하나하나 도전해 가는 과정인 것 같다. 그 도전의 시작은 작은 식물을 집 안에 들이는 것으로부터였다. 마음이 지치고 힘들다면 작은 식물 하나를 데려와 자신을 돌보듯 보살피기를 권한다. 마른 흙에 물을 주는 작은 행동으로, 많은 상처가 아물어 단단해지는 초록의 경험으로 여러분은 다시 용기를 낼 수 있을 것이다.

우리 모두의 마음에는 초록이 필요하다.

씨앗을 심다

: 내 마음이
초록이 되면 좋겠다

1

일상 속 명상, 초록의 힘

어린 시절 적성 검사를 하면 내 적성 1위는 항상 농업이었다. 그 시절 내 주변 아이들한테서 잘 볼 수 없는 적성이었기에 적성 검사표에 쓰여 있는 '농업'이라는 단어가 한없이 부끄럽게 느껴졌다. 그러면서도 '농업'이 나의 적성이라 당연하게 받아들였던 것 같다. 그 시절부터 식물을 키우고 관찰하는 것을 무척 좋아했기 때문이다. 콩알 하나라도 생기면 마당으로 쪼르르 달려가 흙 속에 심어 두고 식물이 자라면 하염없이 앉아서 성장하는 모습을 지켜보았다. 우리 집 장독대 옆 자그마한 공간에 내가 심은 씨앗들이 주렁주렁 열매를 맺었더랬다. 엄마가 밥을 할 때면 내가 달려가서 콩을 따오곤 했는데 어떤 색의 콩을 딸까 고민했던 기억이 아직도 선명하다.

매해 봄이 되면 용돈을 모두 털어서라도 작은 화분을 샀다. 봄이 가진 생명의 기운과 식물의 싱그러움은 늘 나를 유혹했다. 좋아하는 일이었지만 어린 시절엔 식물을 돌보는 일이 섬세하지는 못했다. 책상 위에서 2주를 간신히 버티던 식물들은 어느 순간 말라 버리거나 싱그럽고 예뻤던 꽃잎 주변에 다글다글 진딧물이 뒤덮은 뒤에 엄마 손에 버려졌다. 엄마는 잘 키우지 못할 거면 사지 말라고 말했지만 싱그러운 봄이 되면 나도 모르게 작은 화분 하나를 소중하게 안고 집으로 데려왔다. 매해 식물을 죽이는 실패를 거듭하면서도 매번 새로 도전하고 싶은 마음을 가졌다고 말해야겠다. 사소한 실패에도 쉽게 좌절했던 내가 도전을 거듭했다는 것은 그만큼 특별히 좋아했다는 뜻이기도 하니까.

다시 식물 생활을 시작하게 된 것은 코로나라는 특수한 상황 때문이었다. 매 순간 불안함을 느꼈고 그 불안감은 강박증처럼 변해 밤에는 가슴이 두근거리고 잠이 잘 오지 않을뿐더러 자주 두통에 시달렸다. 우리가 활동하는 범위 안에 코로나 확진자가 발생했다는 뉴스를 들으면 온몸을 불안감이 휩쓸고 아이들의 기침 소리 하나에도 온 신경이 곤두섰다. 내 마음이 불안으로 가득 차 있는데 육아와 삶이 행복할 리가 없었다. 나의 예민함과 불안감을 고스란히 느낀 아이는 언어와 행동으로 내 불안을 다시 밖으로 표현했다. 그리고 그런 상황을 지켜보는 내 마음이 더 괴로운, 악순환의 연속이었다.

세 아들과의 실내 생활은 더 힘들었다. 아이들에게 최선을 다하지만, 그 최선이 언제나 나에게 행복을 주는 것은 아니었다. 뭔가 숨을 쉴 틈이 필요하다는 생각이 강하게 들던 어느 날『정원의 쓸모』라는 책을 읽게 되었다. 책은 흙 묻은 손이 우리의 마음을 어루만지고 가꾸어 준다고 했다. 식물이 우리의 정신 건강에 주는 유용성과 삶의 변화에 대한 글들을 읽다가 조심스레 예전에 좋아하던 식물의 이름을 검색해 보았다. 싱그러운 초록 식물들을 본 순간 마음이 한결 편안해지는 기분이었다. 집 근처에 있는 화원에 들러 마음에 드는 스킨답서스 한 포트를 집으로 데려왔다. 그게 본격적인 내 식물 생활의 시작이었다.

그날 이후로 문득 참을 수 없이 불안한 마음이 들거나, 아이들과 실내에서 보내는 시간이 힘겹게 느껴질 때면 나는 쪼르르 달려가 잎을 들여다보고, 흙을 살피고, 물을 주고, 새잎이 나는 것에 감탄했다. 그런 시간이 아주 짧지만 나에게 잊을 수 없는 평화를 주었다. 그 순간만큼은 그 누구에게도 방해받지 않고 온전히 식물에만 집중할 수 있었다. 그 잠시의 행복은 절대 작지 않은 행복이었다.

우리는 자신에게 잠깐의 휴식도 내주기 어려울 정도로 바쁜 삶을 산다. 쉴 때조차 끊임없이 울리는 휴대전화의 알람에 잠시도 온전히 쉬지 못한다. 쉴 수 없는 삶 속에서 균형감을 찾아가는 일은 우리에게 꼭 필요하다. 요즘은 마음 치유와 마음 건강을 중요시 생각하고 걷기와 명상을 생활화하는 사람들이 점점 늘고 있다. 그만큼 현대 사회에 적응해서 살아가려면 우리에게 몸과 마음의 휴식이 필요하다는 뜻이기도 하다. 명상은 거창하고 특별한 것이 아니다. 흙이 주는 치유의 효과, 초록 잎이 주는 생명력, 새잎이 돋아나는 데서 느끼는 감동에 온전히 집중하여 마음을 지금에 머물도록 하는 것. 이 모든 과정이 또 하나의 명상이었다.

식물을 통한 명상은 다른 그 어떤 명상보다 효과가 확실하다. 무엇보다 식물을 들여다보는 바로 그 순간 몰입할 수 있고 틈틈이 할 수 있다는 점에서 그렇다. 축 처진 이파리에 물을 붓는 것만으로도 금세 잎이 살아나는 모습에서 강한 생명력을 경험해 볼 수 있다. 초록색 잎사귀들이 주는 에너지는 또 얼마나 강한지. 새로 돋아나는 연둣빛 잎사귀를 들여다보면 그 기분을 알 수 있다. 삶을 살아가는 동안 식물을 보며 틈틈이 하는 일상 속 명상이 사실 가장 유용한 명상 중 하나라고 주장해 본다.

내가 그랬던 것처럼 작은 식물 하나로 많은 사람의 마음도 초록이 되면 좋겠다.

오늘의 초록

아글라오네마 실버킹

영화 <레옹>에서 마틸다가 들고 다니던 식물로도 유명한 아글라오네마는 병충해에 강한 식물입니다. 언제나 그 자리에서 은빛 초록색을 뽐내며 생기 있게 자라 줍니다. 병충해가 있거나 잎이 자주 노랗게 되며 떨어지는 식물보다는 한결같이 건강하고 생기 있는 식물이 곁에 있을 때 훨씬 더 마음이 평화로워집니다.

오늘의 초록

2

초록으로 가득한 힐링 공간

코로나로 한참 외부 활동이 자제되고, 아이들은 집 안에서 온라인으로 수업하고 있던 때 정든 집을 떠나 현재의 집으로 이사를 했다. 부동산 정책이 우리에게 유리하지 않았기에 우리로서는 어쩔 수 없는 선택이었다. 전에 살던 집은 공간이 넓고 아파트 뒤로 산이 연결되어 있었다. 집의 천장 층높이가 높고 공간도 아주 넓어서 그 집을 생각하면 '여유'와 '넉넉함'이라는 단어가 먼저 떠오른다. 새로 분양받아서 5년이라는 긴 휴직 기간의 대부분을 살았던 집이라 정이 많이 들었다.

특히 이웃들과의 사이가 좋았다. 아이의 친구들, 엄마들과 운동회를 개최하고 해마다 우리만의 특별한 핼러윈 파티를 했다. 놀이터에서 놀다가 각자 준비해 온 음식으로 저녁을 함께 먹었고, 텃밭을 일구고 작물을 서로 나누며 살았다. 이런저런 이벤트를 나누며 따뜻한 정을 쌓았던 지인들을 두고

이 집으로 올 때는 마음이 여간 복잡한 것이 아니었다. 코로나로 사람들과의 교류도 잘 이루어지지 않는데 낯선 곳에서의 복직이라니. 세 아이의 워킹맘, 거리 두기가 일상화된 시점이라는 부담감까지 모든 상황이 나에게 좋을 리가 없는 이사였다.

새로운 보금자리에 적응할 수 없는 진짜 치명적인 두 가지 이유는 공간과 냄새였다. 먼저 다섯 식구를 감당하기에 턱없이 좁은 공간이라는 점이 가장 아쉬웠다. 겨우 다섯 평 줄여서 왔는데 이렇게 공간이 작아질 수 있는 것일까? 아무리 환기를 해도 은근히 풍기는 좋지 않은 냄새가 이 집의 두 번째 문제였다. 그 냄새가 우리 가족의 건강을 해칠 것만 같았다. 관리소에 여러 번 문의해 보았지만, 우리 집만 그런 것이 아니라는 해결될 수 없는 결론만 얻었다. 다시 원래의 집으로 돌아가고 싶은 마음이 간절해졌다. 하지만 언제까지나 나쁜 점만 떠올릴 수는 없는 일이었다. 이 공간을 사랑하지 않으면서 매일의 일상을 잘 살아 낼 수는 없었다.

그래서, 이곳을 사랑하는 장소로 만들어야겠다고 생각했다. 사랑받을 공간이어서가 아니라, 모든 단점에도 불구하고 사랑스럽고 안전하고 따뜻하고 행복한 곳으로 말이다.

좁은 공간은 내 힘으로 바꿀 수 없으니 내가 당장 할 수 있는 일은 공기를 바꾸는 것이었다. 평소에 기계 사용에 소극적인 나에게 공기 청정기는 잘 활용하지 않는 거추장스러운 물품이다. 때마침 식물의 매력에 풍덩 빠져 있을 때라서 공기 청정기 대신 최대한 많은 식물을 사기로 했다. 식물을 이용해 집안을 장식하는 것을 플랜테리어라고 한다. 여느 취미 생활처럼 누군가는 비싸고 희귀한 식물로 화려하게 장식하는 거창한 것일 수도 있다. 하지만 나처럼 그저 공기를 바꾸는 데 목적이 있는 소소한 플랜테리어도 있다. 식물을 처음 키우는 초보자라면 저렴하면서도 키우기 쉬운 식물에 먼저 도전해 보면서 식물 키우는 일상에 먼저 익숙해져야 한다.

찾아 보니 실내 공기를 맑게 해 주면서 가격까지 저렴한 식물들이 많이 있었다.

폼알데하이드와 암모니아, 벤젠, 알코올 같은 실내 유해가스를 제거해 주는 능력이 뛰어난 스파티필름, 안스리움, 스킨답서스, 개운죽, 몬스테라 같은 식물들이다. 식물 키우는 것이 익숙하지 않으니 우선은 내 손길을 많이 필요로 하지 않으면서도 잘 자라는 식물들을 찾아 공간을 채워 나갔다. 그렇게 식물이 어느 정도 집을 채우자 은근히 느껴지던 냄새가 제거되는 것 같았다. 실제로 식물의 실내 공기 정화 효과는 여러 연구에서 실제로 증명이 되어 있다. 그 당시 우리 집은 공기 정화 효과를 볼 정도로 많은 식물을 키우는 것은 아니었다. 식물을 키우려면 햇빛과 물만큼이나 공기 순환도 중요하다는 말을 듣고 더 자주 환기를 해서일까? 그 덕분인지 집안 공기가 더 좋아졌다는 느낌이 들었다.

　초록 식물과 가장 잘 어울리는 색은 뭘까?
　사람마다 생각이 조금씩은 다르겠지만 나는 초록색을 돋보이게 하는 것은 단연 화이트이고 우드가 포인트이면 더 좋다고 생각하는 쪽이다. 우리 집이 전체적으로 베이지, 원목, 화이트가 기본이라 그저 식물을 계속 사는 것만으로도 플랜테리어를 할 수가 있었다. 우리 집은 하얀색 이케아 테이블을 식탁으로 쓰고 있는데 의자와 식탁 등의 갓을 라탄 소재로 바꾸는 것 만으로도 휴양지 느낌이 물씬 나는 효과를 얻을 수 있었다.

이렇게 좋아하는 식물이 가득 채워진 나의 공간이 생기고 나니 도무지 정들 것 같지 않던 이 집에 애정이 생기기 시작했다. 매일 아침 눈뜨면 식물들의 잎을 들여다보고 물을 준다. 책을 읽다가 생각이 필요하면 가만히 나의 초록 식물들을 바라본다. 이 시간이 나에게 넘치는 에너지를 부어 준다. 식물 세계에는 "안 키우는 사람은 있어도 하나만 키우는 사람은 없다."라는 말이 있다. 그만큼 키우면 키울수록 더 채워 가고 싶은 것이 초록이다. 세 아이를 키우는 집, 아이들의 에너지만큼이나 식물이 주는 에너지로 우리 집은 늘 생기가 넘친다.

가끔씩 식물을 사는 것을 두려워하는 사람들을 만난다. 스스로 '똥손'이라는 딱지를 붙여 새로운 시도를 주저하는 사람들은 알고 보면 의외로 작은 식물 하나에도 자기 마음을 내어 주는 따뜻한 사람들인 경우가 많았다. 하지만 관점을 조금 바꾸면 누구라도 이 초록을 누릴 수 있다. 스킨답서스 한 포트의 가격은 장미꽃 한 송이보다 저렴하지만, 누구라도 한 달 이상은 거뜬히 키워 낼 수 있다.

식물을 장식품처럼 취급하는 일에는 반대하지만, 식물 초보자라면 이렇게 가벼운 마음으로 식물을 사라고 권하고 싶다. 장미꽃 한 송이보다는 더 잘 키울 수 있다는 마음으로. 그러면 누구나 이 초록을 누릴 수 있다. 이 좋은 기분과 경험을 나만 알기엔 너무 아쉽다.

3

불청객이 두고 간 깨달음

지난해 여름휴가를 다녀오고 나서의 일이다. 누구의 돌봄도 없는 더운 집안에서 긴 시간을 견뎠을 식물들을 하나하나 살펴보았다. 모두 말라 죽지 않고 잘 살아 있었다. 이게 모두 휴가 가기 전에 부지런히 물을 준 덕분이라고 생각하니 만족스러웠다. 그때 무언가가 내 시야에 들어왔다.

작아서 잘 보이지도 않는 검정 먼지 같은 것이었다. 처음엔 흙먼지라고 생각했는데 분명 움직이고 있었다. 자세히 보니 검정 벌레가 내가 사랑하는 엔젤 스킨답서스 이파리 위를 기어다니는 중이었다. 주변에 있던 식물들을 살펴보니 다른 식물에도 여기저기 기어다니고 있었다. 순간 머릿속이 하얘졌다. 총채벌레였다. 얼른 잎을 샅샅이 뒤져서 검정 벌레들을 모두 잡아내고 서둘러 잎을 흐르는 물에 씻어 내었다. 눈에 보이는 대로 벌레를 잡아 손으로 꼭꼭 눌러 주었음에도 불안해서, 이 화분 저 화분을 오가며 분주하게 잎을 뒤집어 보았다.

작년에 총채벌레로 사랑하는 식물 몇 개가 잎이 누렇게 변하며 죽어 가는 모습을 지켜보았기에 이 낯선 불청객이 달갑지 않았다. 잘 자라서 예쁘다고 생각하며 흐뭇하게 바라보던 식물이 갑자기 누렇게 변한 것을 보았을 때 이유를 몰라 물을 더욱더 열심히 주었더랬다. 화분을 이리저리 옮겨가며 바람이 잘 통하는 곳이나 햇빛이 잘 닿는 곳에 놓아 보겠다고 애를 썼다. 그런데도 며칠 뒤에 푹 고꾸라진 식물을 마주하고야 말았다. 여러 방법을 다 써 봐도 도무지 해결되지 않을 것 같은 막막함을 느꼈다. 살아남은 몇 개의 잎들을 수경재배로 키워 보겠다고 물에 담갔지만 물 안에서도 누렇게 변하는 잎들을 지켜보아야 했다.

일찍이 총채벌레 때문인 줄 알았다면 미리 손을 썼을 텐데 물속에서도 누렇게 변하는 잎들을 보며 느꼈던 좌절감이 아직도 생생하다. 죽어가는 식물들을 위해 아무것도 할 수 없다는 무력감 때문에 한동안 마음이 힘들었다. 마지막 이파리들을 버리려다가 잎 뒤에 바글거리는 검정 벌레를 발견했을 때 알게 되었다. 하나의 식물을 살리자고 이리저리 화분을 옮기며 애쓰다가 결국은 다른 여러 식물에 피해를 주고 말았다는 것을. 소란스러웠던 나의 마음이 결국 일을 더 키웠다는 것을 말이다.

총채벌레는 한번 생기면 주변의 다른 식물에도 쉽게 옮겨 간다. 이미 성체가 되어 움직이고 있다면 얼마 뒤 알을 까고 또 다른 총채벌레가 쏟아져 나오게 된다는 것도 알게 되었다. 그제야 나는 세심하지 못한 나의 돌봄 때문에 멀쩡했던 다른 식물들까지 벌레의 공격을 받게 한 것 같아 슬픈 마음이 들었다. 총채벌레가 생긴 식물은 아무리 애를 써도 결국은 잘 자라지 못했고 건강한 다른 식물에도 영향을 주었다. 그럴 때마다 모두 비닐봉지에 담아 쓰레기통으로 보내 주었다. 그땐 내 마음이 그런 상황을 잘 견디지 못했던 것 같다.

내 눈을 행복하게 하고 내 마음을 평온하게 한다는 이유로 여러 식물을 집 안에 들여서 키우고 있다. 그러나 자연을 집 안으로 들여온다는 것은 역시 많은 책임감이 필요한 일이다.

세계의 다양한 곳에서 자생하던 식물을 각자의 특성에 맞는 환경 대신 내가 제공한 환경에 맞추어 자라라고 강요하는 것이 식물 키우기가 아닌가 하는 생각이 문득 들었다. 식물을 괴롭히는 해충은 주로 그 식물에 필요한 환경과 맞지 않을 때 생긴다. 자신이 가진 고유한 특성에 맞지 않는 환경에서는 어떤 식물이든 벌레나 온습도 변화에 견디는 힘이 약해질 수밖에 없다.

불청객 총채벌레를 통해 식물이 자라는 환경을 다시 한번 들여다보게 된다. 흙은 적당한지, 물은 적당히 잘 주고 있는지, 에어컨 바람에 고생하지는 않는지, 빛이 부족하지는 않은지 혹은 빛이 너무 뜨겁지는 않은지, 건조하거나 습하지는 않은지. 벌레라는 불청객을 통해 식물을 다시 각자의 특성 그대로 존중하는 방법에 대해 생각할 수 있게 되었다.

그러면서 아이들에 대해서도 생각했다.

우리 집의 세 아이만 해도 각자의 색깔과 품성이 모두 다 다르다. 그런데도 그 다름을 인정하지 않고 나의 방식대로, 내가 만들어 놓은 환경대로 맞추려고 하지 않았나. 결국은 그런 마음이 아이의 마음을 다치게 하거나 상처받게 하지 않았는지 돌아본다. 저마다의 특성을 그대로 존중하는 방법은 식물을 키우는 데만 필요한 것이 아님을. 아이들이 가진 특성을 잘 발휘할 수 있도록 뾰족하게 느껴지는 아이의 행동들도 각자에게 맞는 표현 방법임을 잊지 않으려고 한다.

식물을 키우는 일은 내 마음을 들여다보는 일과 너무 가까워서 자주 만난다. 어쩌면 식물을 돌보는 것은 나를 돌보는 것과 같은 말일지도 모른다. 타인과는 색깔과 품성이 다른 나 자신을 인정하고 잘 돌보게 된 것도 결국은 식물을 키우면서 해내게 된 일 중의 하나이다.

4

기다림의 끝에서 만날 수 있는 것

식물과 육아는 닮은 점이 많다.

끊임없이 나의 관심과 정성스러운 손길을 원한다 하는 점, 그리고 지나치게 관심을 주면 오히려 잘 키우기 어려워진다는 점에서 그렇다.

식물은 자신이 자라야 할 환경과 맞지 않으면 병충해가 생기는데 만약 그랬다면 문제가 더 커지지 않도록 손상된 잎은 부지런히 잘라주어야 한다. 그리고 그 식물에 적합한 환경인지 잘 살펴서 환경을 바꾸어 주고 기다려야만 한다. 아픈 식물이 병충해를 이겨 내고 새잎을 내는 순간의 기적은 적합한 환경을 만들어 주고 기다림을 더해야 만날 수 있다. 이 기다림의 시간을 잘 견디지 못했던 초보 시절에는 마음이 쉽게 조급해졌다. 잎이 잘린 곳에서 도무지 새로운 잎이 나지 않을 것 같은 막막함을 자주 느꼈다.

우리 집에는 프라이덱이라는 식물이 있다.

프라이덱은 한때 희귀식물로 몸값이 아주 높던 식물이다. 인스타그램의 프라이덱 사진을 볼 때마다 마음이 자꾸 끌렸다. '언제쯤이면 실제로 볼 수 있을까?' 했는데 어느 날 내가 자주 가는 화원에서 아주 작은 것을 만 원 정도에 판매했다. 너무 신이 나서 얼른 집으로 모셔 왔다. 남들이 말하는 흔한 식물들만 키우던 나로서는 새로운 도전이자 모험이었다. 바라만 보고 있어도 마음이 청량해지는 짙푸른 초록빛을 지니고 있고 특이하게도 벨벳의 질감을 가졌다. 하얀색 잎맥은 어찌나 선명한지 진한 초록과 대비되어 내 마음마저 짙푸른 녹색으로 물들고 있다는 착각이 들었다.

그렇게 우리 집에 온 프라이덱은 여름 내내 정말 잘 자라는 듯했다. 그러나 늦가을로 접어들면서 건조한 우리 집 공기가 잘 맞지 않았는지 짙푸른 녹색의 빛이 흐려지더니 결국은 누렇게 변하기 시작했다. 식물 초보였던 나는 인터넷에서 이런저런 정보를 찾아보았는데 응애라는 벌레가 이 녀석을 괴롭히고 있다는 결론을 내리게 되었다. 늘 그렇듯이 원인을 알았다고 해서 모두 다 해결할 수 있는 것은 아니다. 원인을 알았대도 초보인 내가 어떻게 해야 할지 잘 몰랐다. 아이를 키우고 있으니 농약 대신에 뿌리는 친환경 약제들을 살포해 보았다. 노력한 것에 비해 나아지는 기미가 보이지 않았다. 그렇게 누렇게 된 잎을 한 장 한 장 떼어내다 보니 결국은 한 장도 남지 않았고 화분과 흙만 덩그러니 남았다.

포기하지 못할 때보다 포기했을 때 그 대상에 훨씬 더 무덤덤한 마음이 된다. 약간 내려놓은 마음, 무덤덤한 마음 덕분에 프라이덱은 모든 잎이 잘린 채 거실 한구석에서 겨울을 보내게 되었다. 일상생활을 하다가 아주 가끔 생각나면 물을 주었고 끝까지 죽지 않는 생명력에 한번씩 감탄하는 일이 내가 할 수 있는 전부였다. 그런 겨울을 보낸 뒤 이듬해 봄날, 죽은 듯이 지내던 프라이덱이 잎사귀 하나를 말아 올렸다. 감동적이었다. 그렇게 잎 하나를 올린 식물은 열심히 자라더니 결국 엄청나게 큰 잎을 6장이나 가진 식물이 되었다. 간절한 마음 혹은 내 뜻대로 자라 주길 바라는 마음이 강할 때는 하지 못했던 일이다. 조급함을 조금 내려놓으면 어느 순간 기다릴 수 있게 된다. 그렇게 거리를 둘 때 식물은 어느새 새잎을 내어 준다.

식물을 키우는 일에 기쁨을 느끼는 것은 육아에서 느끼는 기쁨과 결국 비슷한 지점에서 만난다. 병충해를 이겨 내고 새잎을 틔우기를 기다리는 일이나 아이가 해내기 힘든 일을 스스로 해내기까지의 긴 시간을 기다려 주는 일은 사실 나의 인내심과 믿음이 필요한 일이다. 그 기다림과 믿음의 끝에서 맛본 식물의 새잎과 아이의 성장은 눈이 부시다.

방학이 되어 아이의 모습을 온전히 바라볼 수 있는 시간이 되면 가장 필요한 마음이 바로 이 기다림이라는 마음이다. 아이가 자라나는 과정에서 일어나는 실수나 처음 배워 나갈 때의 서툰 행동들이 쉽게 바뀌지 않을 모습이라고 쉽게 단정 짓지 않으려고 한다. 단정 짓는 마음은 아이의 성장을 도와

주기보다 원래 타고난 재능이 없다며 포기를 선택하게 한다. 그래서 그런 마음은 피하고 싶다. 아이에게 적합한 환경을 마련해 주고 아이가 성장하기 위해 고군분투하는 이 시간을 어떤 기다림으로 보낼지 고민이 되는 요즘이다. 섣불리 개입해서 싹을 자르거나 새로 돋아나려는 잎을 건드려 상처가 나지 않도록 진득하게 기다려야 한다. 식물을 기르며 아이를 대하는 지혜를, 육아 안에서 식물 기르기에 필요한 지혜를 떠올린다.

5

있는 그대로 사랑하는 방법

처음 식물을 키우는 사람에게 자신감 향상을 위해 꼭 키워 보라고 추천하는 식물이 있는데 바로 스킨답서스이다. 스킨답서스는 흔하기도 하고 또 저렴하기도 해서 식물을 처음 키우는 사람이 도전해 보기 좋은 식물이다. 먼저, 까다롭지 않아서 물을 좀 늦게 주어도 크게 영향을 받지 않는다. 그뿐만 아니다. 식물 애호가들을 골탕을 먹이는 총채벌레, 응애 같은 병충해에도 강하다. 일산화탄소 제거 기능까지 우수해서 주방에 두면 공기를 정화하는 데 큰 도움이 된다. 다른 식물들은 햇빛이 부족하면 바로 잎에서 변화가 느껴지지만, 이 식물은 햇빛이 좀 부족하거나 습도가 맞지 않아도 씩씩하게 잘 자란다. '외로워도 슬퍼도 울지 않는' 캔디 같은 식물이라고 할 수 있다. 길게 늘어진 잎들을 기근과 함께 잘라 물에 담그면 어찌나 뿌리도 빨리 자라는지 금세 식물의 개수를 늘릴 수도 있다. 투명한 유리병에 가지치기한 스킨답서스를 담아 여기저기 놓아두는 것만으로도 집안 곳곳에 생기가 가득해진다.

　스킨답서스에도 여러 종류가 있는데 그중에서 엔젤 스킨답서스(픽투스)라는 식물은 유독 내 마음에 든다. 도톰한 잎에 신비로운 초록색 이파리, 독특한 은빛 잎맥 덕분에 고급스러운 느낌을 준다. 이 엔젤 스킨답서스 한 포트면 집안 분위기가 금방 싱그러워진다.

　아침 햇살이 좋은 날이면 거실 창가 테이블 앞에 앉아 이제 막 새잎들을 피워올리는 식물들을 들여다본다. 햇살이 가장 좋은 거실 창가 테이블 위는 늘 식물들이 자리를 차지하고 있다. 3월, 새 학기를 시작하느라 바빠서 무심하게 보낸 사이에 엔젤 스킨답서스가 많이 자랐다. 작년에 두 줄기 잘라 물에 담가 뿌리내린 엔젤을 예쁜 토분에 심었었다. 너무 바빠서 오며 가며 물만 챙겨 주었을 뿐인데 그 사이 잎과 줄기가 풍성하게 자랐다. 예뻐진 잎들을 뿌듯하게 바라보다가 뭔가 마음이 불편해졌다. 적당히 자란 예쁜 이파리들 사이에서 존재감을 뽐내는 대왕 이파리 때문이었다. 내 기준에 참 적당하고 예쁘게 느껴지는 크기의 이파리들 사이에서 분위기를 깨듯 혼자서만 존재감을 뽐내는 대왕 이파리를 보고 있자니 마음이 묘하게 불편했다.

얼른 가위를 들고 이걸 잘라줄까 어쩔까 고민을 했다. 그러다 뜨끔해졌다. 식물은 여러 가지 이유로 가지치기가 꼭 필요하다. 그러나 특별히 문제가 있는 것도 아닌데 마음에 들지 않는다는 이유로 내가 원하는 모습으로 자르고 싶은 마음이라니. 부끄러운 내 마음을 들킨 것만 같았다. 있는 그대로 자라도록 그냥 두지 못하고 비딱하게 클까 봐, 안 예쁘게 클까 봐, 남들에게 어떻게 보일지 염려가 되어서 나는 자주 가위를 들었다.

밥만 주고 안아 주기만 했어도 저절로 자라는 아이의 관심 분야들이 있다. 때로는 내 마음에 들지 않는 것들을 내 잣대로 자르고 싶을 때가 있다. 세 아이 중 특히 둘째는 자기 고집이 세서 유난히 존재감을 드러낸다. 내 마음에 갈등을 일으킨 대왕 잎사귀가 마치 우리 둘째 같다고 생각했다. 내 원칙을 자주 깨는 아이, 자기 존재를 거침없이 드러내는 아이를 두고 갈등하는 내 마음을 식물을 통해 들여다보게 된다.

긴 고민 끝에 결국 나는 그냥 식물이 자라는 그대로를 존중하기로 했다. 건강하게 자라고 있다는 사실만으로도 오히려 내가 감사해야 할 일이었다. 키우던 식물 중에는 돌봄이 조금만 부족해도 말라 버린 식물들도 참 많았다. 그렇게 한 걸음 물러나 바라보니 한 개의 못난 잎은 더 많은 예쁜 잎들에 가려져 잘 보이지 않고 오히려 풍성함을 돕고 있었다.

사실 살면서 수많은 장점이 있음에도 불구하고 하나의 단점에 마음이 걸려 결국 용기를 내지 못했던 일들도 얼마나 많았던가. 무수히 많은 예쁜 잎에 집중할 때 그 식물을 온전히 사랑할 수 있지 않을까. 단점보다는 장점을 더 가치 있게 보는 일이 중요함을 식물을 통해 배운다.

오늘의 초록

스킨답서스 픽투스(엔젤 스킨답서스)

스킨답서스는 조리 중에 발생할 수 있는 일산화탄소를 제거해 주는 능력이 뛰어나 주방에 두고 키우기 좋은 식물입니다. 특히 에메랄드 빛으로 반짝이는 무늬가 멋스러운 픽투스를 추천해요. 물에 담갔을 때 뿌리가 잘 자라서 번식이 쉽고 성장이 좋아 금세 화분이 늘어나는 마법을 경험할 수 있어요.

오늘의 초록

6

식물로 치유하는 상처들

봄이면 연둣빛 새순에 늘 시선을 빼앗긴다.

꽤 오래전부터 흠모해 온 색깔이다. 세상의 모든 새순은 각자의 반짝임과 저마다의 초록빛을 가지고 있는데 유독 막 올라온 새싹처럼 밝은 연둣빛은 마음을 설레게 한다. 올가을 엔 문득 연둣빛이 너무 그리워져서 밝고도 싱그러운 색깔의 식물을 세 종류나 들였다.

그중 하나가 바로 필로덴드론 레몬 라임이다. 이름에서 말하듯 레몬색과 라임색을 모두 품은 식물이다. 레몬 라임을 집으로 데려오고 나서 정성스럽게 분갈이를 해 주었다. 보통 분갈이를 하면 흙의 영양분 덕분에 금방이라도 퐁퐁 새순을 내어 주는데, 왜 그런지 빨리 잎을 펼치지 못하고 힘겹게 매달려 있었다.

문득 첫 아이를 출산하던 때가 생각났다. 예정일이 지나도 아이가 나올 기미가 없어 유도분만을 해야만 했다. 유도분만을 하는 일도 쉽지 않았다. 아이가 스스로 밀고 나오질 않는 바람에 진통 시간이 길어졌다. 마지막엔 하늘이 노랗게 되고 기진맥진해졌는데 의사 선생님은 그때 무통 주사를 놓았더랬다. 무통 주사를 놓는 순간 진통의 고통은 사라졌지만, 도무지 어디로 힘을 주어야 할지 감을 잡을 수가 없었다. 그래서 적당한 때에 힘을 주지 못했던 거다. 설상가상으로 아이도 밀고 나오는 힘이 약해서 우린 함께 어려운 시간을 보냈다. 그때 간호사 선생님들이 배를 밀고 압축기 같은 것으로 아이의 머리를 잡아당기고 해서 간신히 출산했다. 그렇게 태어난 아이는 우렁차게 울었지만, 그 과정이 힘들었는지 나오는 도중 태변을 먹었고 일주일을 나와 떨어져 대학병원에서 보냈다. 아이는 곧 건강하게 회복했고 지금은 잘 자라고 있지만, 그때 만일 머리를 다치기라도 했으면 하는 생각을 하면 아직도 마음이 두근거린다.

마치 진통하듯이 매달려 있는 이파리를 몇 번이고 도와줄까 말까 고민하다가 슬며시 마음을 내려놓기를 수십 번 했던 것 같다. 그렇게 애를 태우더니 얼마 전 드디어 잎이 나왔다. 그렇게 고생하더니, 결국 그 잎은 쭈글쭈글하고 못생긴 모양이었다.

 분갈이 후 첫 잎이 그리 힘들게 나더니 다음 잎은 매끄럽고 곱게 나와 주었다. 앞으로도 레몬 라임은 언제 그랬냐는 듯 예쁜 잎들을 계속 내어 줄 것이 분명하다. 하지만 나는 상처투성이인 이 특별한 잎을 떼어 내지 않으려고 한다. 세상의 기준에 예쁜 식물은 아니지만 내 기준에는 특별한 식물이기 때문이다.

긴 고생 끝에 그 고생의 상처를 달고 나온 잎이 다시 활짝 펴지지는 않을 것이다. 한 번 난 상처가 그냥 없어지는 법은 없다. 어딘가에 고스란히 새겨져 남는다. 사람의 마음에도 고난과 시련으로 생긴 상처는 어딘가에 보이지 않게 남아 있을 것이다. 남들에게 보이기 싫어 감추고 숨기려 해도 어느 순간에 모습을 드러낸다. 내가 무수히 많은 상처에 희망을 품는 것은 상처는 남았지만 그걸 이겨 낸 덕분에 결국 아름다운 새잎이 돋아날 수 있다는 점이다.

성장하면서 겪는 수많은 일 속에서 내 안에도 상처들이 남아 있다. 그 상처들을 달고서도 새로운 성장을 위해 나아가는 나 자신 역시 특별한 사람이다. 때로는 상처를 지닌 채 앞으로 나아가는 사람들을 볼 때 우리는 위로를 받고 더 나은 미래를 꿈꾸게 된다.

정여울 작가는 『나를 돌보지 않는 나에게』에서 상처가 남김 없이 치유되어 완벽하게 건강한 사람만 타인을 치유할 수 있는 게 아니라고 말했다. 회복해 가고 있다는 사실, 아직은 아픔을 가지고 있지만 조금씩 나아지고 있다는 감각을 공유하는 과정에서 더불어 치유된다는 작가의 말에 깊이 공감했다.

살아가면서 누구에게나 크고 작은 시련과 상처가 찾아온다.
더불어 살아간다는 것은 결국 서로의 상처를 극복하는 과정에서 함께 치유되는 과정이 아닐까. 나의 작은 거실 정원에서 이토록 작은 식물 하나에서도 위로를 받는다. 이제는 내가 식물을 기른다고 말하지 않고, 식물과 더불어 살아가고, 더불어 치유되고 있다고 말하고 싶다.

오늘의 초록

7

때로는 유연하게 삶을 돌본다

초록을 곁에 둔다는 것은 결국 온갖 벌레를 감수해야 한다는 뜻이기도 하다. 아름다운 초록의 이파리만 볼 수 있다면 더없이 좋을 것이다. 하지만 식물과 함께 살아간다는 것은 결국 그 흙이 품고 있는 벌레도 함께 품어야 하는 일이다.

우리 집 아이들은 벌레에 알레르기가 있다. 여름에 벌레에 물리기라도 하면 그 자리가 퉁퉁 붓고 상처가 덧나서 고생스러웠다. 새벽녘 유난히 뒤척이는 아이를 들여다보면 모기의 습격으로 여기저기 부어 있었다. 그러면 나는 아이의 피를 빨아먹어서 통통해진 모기를 반드시 처벌하겠다는 의지를 불태운다. 눈을 부릅뜨고 벽에 붙어 만찬 후의 여유를 즐기는 모기를 찾아내 거침없이 처단했다. 내게 소중한 것을 지키기 위해서 조금은 잔인해지는 순간이다.

식물을 키우며 마주한 다양한 벌레들에게도 내 아이를 물어뜯은 모기를 볼 때와 같은 마음이 된다. 식물의 잎에 거미줄을 치는 응애, 솜처럼 보송보송한 모양새로 식물의 진액을 빠는 솜 깍지벌레, 일반 초파리와 달리 내 눈을 향해 빠른 속도로 무섭게 돌진하는 성가신 뿌리 파리. 거기에 내가 제일 끔찍하게 생각하는 총채벌레까지…. 이런 벌레들도 내 식물을 괴롭힌다 싶으면 벌레들을 손가락으로 꾹 눌러 살포시 처단한다.

그런데 이 과정이 너무도 지칠 때가 있다. 매번 식물의 앞과 뒤를 살피며 전투적으로 되는 일이 지치고 싫어지면 수경 재배를 선택한다. 벌레는 대부분 흙을 통해 번식한다. 그러니 흙이 없다면 벌레의 공격에서 조금은 자유로워질 수 있다. 물론, 가끔은 수경재배를 해도 다른 식물로부터 해충이 옮겨오기도 하지만 흙에서 기를 때보다 훨씬 상황이 좋다.

수경재배 하는 방법은 크게 두 가지가 있다. 뿌리의 흙을 털고 씻어서 뿌리째 물에 담가 두거나 식물의 줄기를 잘라 물에 담가 뿌리를 받으며 키우는 것이다. 흙을 털고 씻는 과정의 소란스러움이 싫어서 식물의 줄기를 자르고 물에 담가 뿌리를 내리는 방법을 주로 선택한다. 인위적인 방법은 그다지 좋아하지 않아 뿌리발육 촉진제는 써 본 적이 없지만, 사용하면 훨씬 빠르게 뿌리를 내릴 수 있다고 한다. 촉진제 없이 빨리 뿌리를 내리고 싶다면 어두운 병에 담가 주는 것이 좋다. 흙에서처럼 어두운 상태를 만들어 줄 때 뿌리가 더 잘 생긴다.

물에만 담그면 되는 간단한 방법이라니 도전하지 않을 이유가 없었다. 기근(식물 줄기에 붙어 공기 중에 노출된 뿌리)이 있는 식물은 기근과 함께 자른 줄기만 뿌리가 난다는 건 기본으로 알아 두는 것이 좋다. 기근이 없는 줄기라도 며칠은 물속에서 견딜 수 있으니 뭐가 되었든 일단 물에 담가 보는 실험 정신이 필요하다.

흙에서 키우면 물 주는 시기를 늘 신경 써야 하는 어려움도 있다. 그보다 더 큰 어려움은 이리저리 화분을 들어 나르며 물을 주거나 식물을 감상하다가 화분을 떨어뜨려 바닥이 흙투성이가 될 때 찾아온다. 이상하게도 화분 주변을 깨끗하게 청소한 후에 만족감을 누리려는 그 순간에 화분을 떨어뜨리는 일이 자주 생긴다. 이런 일들이 반복될 때면 식물 키우기가 슬슬 나의 노동력을 빼앗는 것 같아 불만스러워진다. 어쩌면 나는 지치지 않고 식물을 꾸준히 키우기 위해서 수경 재배를 하는지도 모르겠다.

물에만 있던 식물의 성장이 더디고 새잎을 내는 일에도 인색해지는 때가 온다. 이때는 식물 영양제를 물에 섞어 제공하면 된다. 가끔 기운 없을 때 수액 한 대 맞고 나면 기운이 솟는 것처럼 식물도 영양제가 필요하다. 비타민도 과다 복용은 문제가 되니 넘치지도 모자라지도 않은 적당한 양을 제공해 주는 게 좋다. 수경 재배하는 식물은 어두운 곳 아무 곳에나 놓아도 그 자리를 싱그럽게 빛내 준다. 하지만 식물은 살아 있다. 살아 있는 모든 것은 환기를 통해 좋은 공기도 들이마시고, 햇빛도 누려야 잘 자랄 수 있다. 물속에서도 마찬가지다.

식물을 키우는 데 있어서 중요한 태도가 있다면 그건 세심하게 관찰하는 태도라고 생각한다. 세심하게 관찰하되, 크고 작은 일에 연연하지 않으며 식물을 키우는 일은 삶을 살아가는 태도와 닮았다. 결국, 자기 삶을 잘 살아갈 수 있을 때 식물을 잘 키울 수 있다는 생각이 든다.

식물을 잘 키워 내는 일은 결국 돌보는 사람의 세심함, 맞닥뜨린 문제를 대하는 담대한 태도, 어떤 일이 생겨도 나아갈 수 있다는 믿음, 그리고 세상에는 다양한 방법이 있다는 열린 생각과 맞닿아 있다. 반드시 흙이어야만 하지 않고 때로는 물도 답이 될 수 있다는 것. 때로는 내가 알던 방법 말고 경험해 보지 않은 다른 방법에도 관심을 가지는 유연성이 필요하다.

　　　오늘의 초록

칼라데아 비타타

칼라데아는 잎의 무늬가 아름다워서 플랜테리어 효과를 확실하게 볼 수 있어요. 너무 예쁘지만 잎끝이 잘 타고 습도에 민감해 초보가 키우기에는 부담스러워요. 이럴 때 수경재배로 키우면 훨씬 더 싱그러운 잎을 유지할 수 있어요.

오늘의 초록

8

내 안의 씨앗이 싹틀 때까지

사람의 개성이 다양한 것처럼 식물은 종류도 참 많고 특징도 다양하다. 내가 좋아하는 식물은 잎도 줄기도 단단해서 어디서든 적응을 잘하는 것들이다. 줄기가 단단하지 않고 연약함을 지녔음에도 내 마음에 드는 식물이 있다. 두꺼운 잎사귀가 마치 갑옷을 입은 것처럼 튼튼해서 보기만 해도 든든해지는 식물을 고르라면 나는 거북 알로카시아를 고르고 싶다. 거북 알로카시아는 잎이 도톰하고 잎맥이 아주 선명하다. 반짝거리는 광택까지 있어서 어떤 벌레도 함부로 침투하지 못할 것 같은 느낌을 준다. 희귀식물처럼 생겼지만, 상대적으로 몸값이 그리 비싸지도 않아 친하게 지내기에도 좋다.

우리 집에 온 거북 알로카시아는 집에 온 지 얼마 되지 않아 몇 번째의 새잎을 내어 주었는지 모른다. 거북 알로카시아는 어쩌면 나의 게으른 물주기가 마음에 들었던 것 같다.

공기 중의 촉촉함을 좋아하지만, 뿌리에 물이 많은 걸 싫어하는 알로카시아와 워킹맘으로 바빠 물주기가 한 박자 느린 나의 성향이 잘 맞는다는 생각이 들었다.

식물을 키울 때 가장 무서운 게 과습 상태가 되는 것이다. 이때는 물이 흙 속에 오래 머물지 않도록 흙을 가볍게 해서 분갈이를 하는 것이 도움이 된다. 어느 날 알로카시아를 분갈이하다가 자그마한 콩알 네 개를 발견했다. 네 개의 콩알은 바로 자구라는 것이다. 알로카시아는 뿌리 끝에 자구라는 작은 씨앗들을 달고 있다. 이걸 불린 수태에 감싸 인큐베이터(일회용 커피 컵에 뚜껑을 덮어 만든다)에 넣어 두면 뿌리를 내리고 싹이 튼다. 사실 식물을 키우면서 그동안도 몇 번이나 자구를 발견하고 발아를 시켜 보려고 했다. 하지만 몇 개월이 기다려도 아무런 소식이 없는 경우가 많았기에 자구를 키워내는 것은 특별한 비법이 있는 진짜 고수들의 영역이라 생각하게 되었다.

자구가 담긴 나의 커피 컵은 작년 하반기에 본업에 집중하느라 너무 바빠 유심히 볼 겨를이 없는 채로 부엌 한구석, 다

른 식물에 가려 보이지
않는 곳에 놓여 있었다.
관심받지 못했기에 그
상태로 오랜 시간 있을
수 있었으니 오히려 다
행이라고 해야 할까. 그
로부터 거의 5개월이
지난 어느 날 컵을 들여

다보고는 깜짝 놀랐다. 두 개의 잎은 이미 많이 자랐고 나머
지 하나는 작고 여린 뿌리를 내리고 있었다. 그 쪼끄만 콩알
이 5개월이나 지나서 싹을 틔우다니 경이로운 순간이다.

"어떤 종은 흙 속에서 몇십 년을 견디면서, 빛과 수분과 영양분
의 적절한 조합이 식물 성장에 알맞은 조건을 만들어 낼 때야
비로소 싹을 틔우는 경우도 있다."

−소어 핸슨, 『씨앗의 승리』, 에이도스, 2016

작은 자구들이 자신에게 가장 적합한 환경이 되었을 때 싹
을 틔우려고 오랜 시간 기다려 왔다는 생각이 든다. 만일 씨

앗이 자신에게 적합하지 않은 시간에 싹을 틔워 버렸다면 이만큼 자랄 수 있었을까? 나도 수시로 마음이 조급해져서 빨리 싹 틔우고 싶어질 때가 있다. 늘 육아와 일의 줄다리기에서 육아에 더 힘을 실어 왔던 시간이 때로는 아쉽기도 하다. 그렇지만 나에게 맞는 시간과 환경이 존재한다는 것을 받아들여야 할 것 같다.

이제는 내 안에도 잠자고 있는 씨앗이 있다는 사실만은 확실히 믿는다. 알맞은 조건이 되면 싹을 틔울 수 있을 것이다. 더 희망적인 것은 씨앗은 자신의 때를 기다리는 힘을 가지고 있는 것과 동시에 자신을 깨고 더 크게 자라나려는 용기도 함께 지니고 있다는 점이다.

끈기 있게 기다리는 자세도 물론 중요하지만, 그것만으로는 아무 것도 바꿀 수 없다. 씨앗이 자신을 깨고 세상 밖으로 작은 싹을 내밀 듯, 우리에게도 한 걸음씩 나아가려는 용기가 필요하다.

9

어디를 향해 자랄 것인가

"아무래도 정신이 이상해진 것 같아."

이 말을 듣는 순간 바로 웃음이 튀어나왔다.

이런 말을 내게 거침없이 할 수 있는 사람은 이 세상에 단한 사람밖에 없다. 바로 우리 엄마이다. 엄마는 아들 셋을 키우며 직장에도 다니느라 바쁜 딸이 많은 식물을 키우는 모습이 도무지 이해되지 않는가 보다. 깔끔하게 한 두 개만 놓아두고 어쩌다 가끔 물을 주면 될 일을, 밤이면 분갈이를 하면서 쏟아진 흙을 치우고, 화분을 이리저리 옮기는 내 모습이 못마땅하기도 한 것이다. 뭐 하러 그렇게 일을 만들어서 하는지 이해하지 못한다. 인생이라는 드라마에서 주인공에게 시련을 안겨 주는 인물이 있어야 드라마가 더 빛이 나듯 나의 식물 인생을 빛나게 해 주는 이는 바로 우리 엄마이다.

사실 엄마의 이런 핀잔이 없었다면 이렇게 많은 식물을 키위 냈을까 싶은 순간들이 있다. 업무로 지치고 아이들과의 시간이 부족할 때, 치우고 돌아서다 식물의 흙을 바닥에 쏟은 순간, 공들여 키웠던 식물이 누런 잎들을 떨구어 낼 때, 줘도 줘도 계속 목말라하는 식물에 물을 주는 일은 일종의 육체노동이기도 한지라 때로는 포기하고 싶은 순간도 온다. 이럴 때 엄마의 잔소리를 들으면 정신이 번쩍 든다. 이 모든 건 내가 좋아서 선택한 일이기 때문이다. 식물의 싱그러움을 매일 누리는 대신 늘 책임져야 하는 어떤 부분들이 있다.

집안의 모든 공간에 초록 식물을 배치하고 싶은 욕망은 늘 육체노동과 결부된다. 하루라도 청소를 하지 않으면 흙으로 더러워지는 공간은 싱그럽고 생동감 넘치는 플랜테리어가 지닌 동전의 양면이다. 깨끗하고 하얀 집에 초록 식물이 포인트가 되기 위해서는 의외로 청소가 가장 중요한 요소가 된다. 식물을 키우는데 흙이 빠질 수 없으니 늘 닦고 치우고 떨어진 잎들을 잘라내고 청소하는 수고로움을 동반한다. 식물을 키우는 일은 게으른 나를 뒤로하고 자발적으로 청소를 하는 내가 되도록 했다. 새로운 식물을 자리 잡을 때 반드시 청소한다. 식물을 돋보이게 하고 싶은 마음 때문이다. 식물 주변에 노랗게 변해 떨어진 이파리를 정리하면서 청소기를 한 번 더 돌린다. 바람에 흙들이 날려 주변을 지저분하게 할 때, 물걸레로 흙을 닦아 내며 주변도 함께 청소해 낸다.

우리 집에는 아라우카리아라는 나무가 있다. 호주의 노포크섬(Norfolk Island)이 원산지인 이 나무는 원뿔형의 상록수로 호주 삼나무라고도 부른다. 크리스마스트리 장식을 올려 멋진 트리로 변신하기도 하는 나무라 재작년 이맘때 집으로 들여왔다. 물론 크기가 작아서 막상 크리스마스트리로 장식하려던 계획은 실패했다. 트리 장식을 달 때마다 잎이 처지는 모습이 안타까워서 결국 달지 못했던 거다.

자라나온 잎의 색은 싱그러운 연두색이며 삐죽삐죽한 잎인데 놀랍게도 만져 보면 매우 부드럽고 보들보들하다. 이렇게 밝은 연두색이었던 새잎은 성장할수록 색이 점점 더 짙어지고 깊어진다. 특히 잎의 한 층이 바깥쪽으로 최대한 팔을 뻗어 자라는 모습이 참 인상적이었다. 한 층 위로 올라가서 팔 뻗고, 다음 층 올라가고, 다시 최대한 팔 뻗고, 이렇게 반복해서 자란다. 아무래도 아라우카리아는 모든 단계를 꼼

꼼하게 챙기는 성실한 모범생 같다. 천천히 그리고 단단하게 자신을 챙겨가는 모습이 믿음직스럽다. 우리 집에 온 이후에 계속 바깥쪽으로 연두색 잎을 펼치기만 해서 언제 위로 자라나 했는데 오늘 보니 드디어! 위로 가지가 한 층 올라가기 시작했다.

나무가 싹을 틔운 순간부터 줄곧 위로 향해 나아갈 때 중추적인 역할을 하는 것이 우듬지라고 한다. 이는 우종영 선생님의 책 『나는 나무처럼 살고 싶다』를 읽다가 알게 되었다. 우듬지란 나무의 맨 꼭대기에 있는 줄기를 말하는데 우듬지가 방향키 같은 역할을 해 주면 나머지 가지들이 이에 맞추어 자란다. 이로 인해 나무는 위로 자라면서도 일정한 패턴과 수형을 유지하며 균형감 있게 성장할 수 있게 된다. 관찰해 본 결과 우리 집에 있는 유일한 침엽수인 아라우카리아가 딱 그랬다. 우듬지가 한 마디 자라면 나머지 잎들이 우듬지를 중심으로 줄기를 바깥쪽으로 뻗어 나가며 자란다.

인생을 살아가는 일에도 자신만의 의미를 찾는 일이 중요하다. 좋은 목표와 방향은 길을 잃는 상황에서도 나를 안심하게 해 주었다. 나를 멈추게 할 수많은 이유가 있지만 내가 멈추지 않고 끊임없이 해 나가고 있는 것들. 어찌 보면 바로 이게 내 인생에 중요한 우듬지가 되는 것이 아닐까.

삶에서 마주한 다양한 갈림길에서 어느 방향으로 가지를 뻗어야 할지 고민될 때, 나는 아라우카리아를 생각한다. 때로는 내가 멈추어야 하는 이유가 너무도 많을 것이다. 그럴 때 꿋꿋하게 위로 한마디 뻗어 나가며 자라는 아라우카리아처럼 내가 옳다고 생각하는 방향을 향해 한 걸음 더 내디뎌 보려고 한다. 무작정 위로만 자라는 게 아니라 한 단계 한 단계 꾹꾹 채워 가면서 말이다.

10

식물을 기르며 프로가 된다

결국은 회복하지 못했다는 아픔을 남기는 식물이 있다.

많이 죽여 보아야 잘 키울 수 있다는 식물의 세계에 입문하면서 아픔을 남긴 식물들의 목록이 늘어갔다. 나에게 왔다가 말라 죽은 식물은 너무 많아서 다 설명하기 입이 아플 정도이다. 작은 공기의 변화에도 잎사귀가 산들거리는 아디안텀, 보라색 꽃잎과 사랑스러운 향기를 가지고 있는 라벤더, 언제나 내 마음을 설레게 하는 유칼립투스, 쉬운 식물처럼 보이지만 나에게는 늘 어려웠던 아이비와 아단소니 같은 식물은 내 실패의 기록에 저장되었다.

유난히 아쉬움이 남는 또 하나의 식물이 있는데 바로 히메 몬스테라라는 식물이다. 몬스테라처럼 잎에 구멍을 가졌지만, 종류가 다른 식물인데 잎이 작고 동글동글해서 귀엽다는 마음이 저절로 든다. 그래서 이름도 히메 몬스테라. 히메 몬스테라는 두 종류가 있는데 동글이 히메라고 불리는 원종이 유독 내 마음을 사로잡았다. 자주 가는 화원에서는 원종 히 메 몬스테라를 판매하지 않아서 마음속에 늘 담아만 두고 있던 어느 날이었다. 화원 구석에 안쓰러운 모습으로 놓여 있는 동글이 히메를 한 점 발견한 것이다. 한참을 고민했다. 내가 원하던 식물이긴 한데 화분과 잎 상태가 썩 좋지 않아 보였다. 게다가 가격도 더 비싸니 고민이 되었다.

화원에서 식물을 데려올 때는 늘 식물의 상태를 잘 확인해야 한다. 기껏 집으로 데려왔는데 병충해가 있는 식물일 경우 다른 식물에도 벌레들이 옮겨가서 피해를 주는 일이 있기 때문이다. 몇 번의 실수 끝에 얼핏 보아 싱그러워 보여도 꼭 잎의 앞뒤를 꼼꼼히 살피는 일이 습관이 되었다. 이렇게 머리로는 안된다는 것을 알면서도 동글이 히메의 유혹을 뿌리치지 못해 소중히 품에 안고 집으로 오게 되었다.

처음엔 상태가 영 나쁘면 물에 꽂아서라도 키워 보겠다는 마음이었다. 흙 상태가 좋지 않아 며칠을 다른 식물과 격리해서 데리고 있다가 통기성이 좋은 재료를 활용해 분갈이했다. 생각보다 뿌리가 실하고 많아서 좀 더 큰 화분에 심어도 좋을 것 같았다. 그렇게 화분의 크기를 살짝 키워서 분갈이 해 주었는데 좀처럼 흙이 마르질 않았다. 매일 흙을 뒤집어도 보고, 서큘레이터를 돌려 보기도 하며 일주일, 이주일, 삼 주가 되었는데도 흙이 마르지 않아 다시 작은 화분으로 분갈이를 했다. 잘 견뎌 줄 것으로 생각했다. 하지만 얼마 후 푹고꾸라진 히메 몬스테라의 모습을 보고 말았다. 뿌리가 썩고 줄기가 물러 있었다. 뿌리조차 살릴 수 없는 과습의 상태가 온 것이다. 보통의 식물들은 흙이 마르면 축 처진다. 하지만 과습인 경우 흙이 축축한데도 잎이 축 처지기도 하고 누렇게 되기도 한다. 초보들은 그 모습에 또 물을 주는 실수를 하게 되는데, 식물에 물을 줄 때 가장 조심해야 하는 부분이다.

내가 아는 모든 것을 총동원해서 여러 방법을 동원해 보았지만, 결과는 좋지 않았다. 하지만 그런 몇 번의 일을 지나오면서 마음속 한구석에서는 은근히 자신감이 자라났다. 귀찮아서 움직이지 않는 사람이라는 생각에서 빠져나와 약간 두려운 것에도 도전하고 실행하는 사람이라는 생각이 조금씩 쌓여 갔다.

나에게 살아가면서 어려운 일 중 한 가지가 마음먹은 것을 즉각 실행하는 일이었다. 아는 것과 실행하는 것과의 거리가 멀어서 어떤 일을 할 때 수많은 다짐과 결과에 관한 예측을 앞세워 본다. 그런 시간 끝에 조심스럽게 움직여 볼 마음이 생겼다. 그러니 늘 해 보고 후회하는 일 보다 해 보지 못해 아쉬워하는 일들이 더 많았다. 그런 내가 프로 도전러, 프로 실행러가 될 때가 있는데 바로 식물을 집으로 들여올 때이다. 식물을 키우는 영역에서만큼은 언제나 전투적으로 도전과 실행이 이루어졌다. 죽어 나갈 수도 있는 현실을 고려하지 않고 식물을 들인다 한들 얼마나 큰일이 일어나겠는가 생각하면 마음이 한결 가벼워졌다.

　늘 실패에 대한 두려움, 완벽한 상태에 대한 긴장감이 어딘가에 숨어 있다가 극적인 순간에 등장하곤 했다. 그런데 이상하게도 식물을 기를 때는 두려워하는 마음 따위가 끼어들지 않는다. 마음에 드는 식물이 있어 집으로 데려왔는데 죽었다면 성공할 때까지 방법을 찾아보고 이것저것 실행해 본다. 이걸 집념이라고 할 수 있을지는 모르겠다. 어쨌든 세상의 다양한 일 중 이런 마음으로 대하는 일은 다섯 손가락에 꼽을 수 있을 정도로 흔치 않은 일이라는 걸 주목할 필요가 있다. 세상에서 마주하는 수많은 일 중엔 내 마음에 한발도 들여놓지 못한 일들도 많기 때문이다.

결과적으로 그때 우리 집에 잠시 와서 살았던 히메 몬스테라는 이런저런 이유로 이젠 남아 있지 않다. 그러나 식물을 키우며 나에게 생긴 능력은 제대로 못 키워 낼 것 같은 두려운 마음을 뒤로하고 도전을 선택하는 마음이다. 이런 도전의 경험이 식물을 키운 몇 년간의 시간 속에서 차곡차곡 쌓여 있다. 이뿐만 아니라 해야 할 일을 미루지 않는 습관도 쌓인다. 오며가며 물을 주면서 쌓인 일상들은 해야 할 때를 미루지 않는 습관으로도 쌓여 갔다. 차곡차곡 쌓인 이 보석 같은 마음은 식물뿐만 아니라 일상의 다른 일에도 조금씩 그 마음을 나누어 준다.

좋아하는 일을 지속하는 마음이란 엄청난 의지를 발휘하지 않아도, 누가 반대하더라도 계속하게 되는 것이다.
그 마음이 흙과 양분이 되어 내 안에 단단하게 뿌리를 내린다. 이렇게 좋아하는 일을 해내는 사이에 나는 곧 싹을 틔울 준비가 된 식물인 것 같은 기분이 된다.

오늘의 초록

11

여전히 내 마음은 배울 것이 많다

식물을 키우는 맛은 너무도 다양하지만 하나를 선택하라고 한다면 나는 다른 이들의 식물을 눈으로 구경하는 재미를 고르겠다. 가끔은 인스타그램에서 식물을 키우는 사람들을 팔로우하며 못 가진 식물에 대한 로망을 대신하고 있다. 사람들이 다양한 식물을 다양한 방법으로 아름답게 기르는 모습은 보기만 해도 설렌다. 어쩌면 모두 흠결 하나 없이 깔끔하고 수형이 아름다운지 우리 집에 있는 못난이 식물들과 나도 모르게 비교를 하게 된다. 특히나 귀한 몸값을 자랑하는 식물들이 빼어난 자태를 뽐내며 릴스에 등장할 때면, 당장 화원으로 달려가 값비싼 식물을 들여오고 싶어진다. 엄친아를 둔 옆집 아이를 흠모하여 그 아이를 따라 하고 싶은 것처럼 말이다. 실제로 인스타그램을 통해 충동적으로 구매한 식물들도 셀 수 없이 많다는 걸 고백해야 할 것 같다.

살아가면서 수많은 비교 속에서 나의 자존감을 지키려 늘 애써 왔다. 너무도 당연하게 세상에는 나보다 능력도 좋으면서 외모도 인품도 훌륭한 이들이 차고 넘친다. 엄청 완벽한 내 모습은 아니지만 그래도 나 스스로 격려하며 앞으로 조금이라도 나아가려고 노력하며 산다. 아이를 키우는 동안에 내 아이만 바라보기 위해 얼마나 많은 시간을 노력해 왔던가. 그리 다짐하며 노력했건만, 식물의 영역에서 비교의 굴레를 벗어나는 일은 정말이지 쉽지 않은 과제였다.

다행스럽게 처음의 팔랑거리던 눈과 귀를 잠재우고 나름의 방법을 터득해 가고 있다. 가장 중요한 건 의외로 부족한 모습을 있는 그대로 인정하는 일이었다. 완벽하게 식물을 잘 키우고 싶지만 내 식물의 잎은 타거나, 수형이 엉망이거나, 때로는 못난 모습이 되기도 한다. 내 안에서 소화되지 못한 완벽주의가 식물을 키우는 과정에서 한번씩 불쑥 모습을 드러낸다. 조화가 아닌 이상 완벽한 식물은 없으며, 완벽해 보이는 식물의 이면에는 사실 피나는 노력이 필요한 법이다. 특히, 누렇게 된 이파리 하나 없는 식물 뒤에는 매일 부지런히 잎을 정리해 주는 꾸준한 노동이 필수이다. 진짜 누런 잎

없이 잘 크는 게 아니라 자연적으로 생기는 누런 잎이 모습을 드러내지 않도록 부단히 돌보는 게 식물을 아름답게 키우는 비결인 것이다.

세 아이 워킹맘이라는 내게 주어진 환경 속에서 나름 가볍게 식물 키우는 방법을 익히고 있다. 다섯 식구가 함께 사는 삶이 소란스러워서 이파리 정리나 물주기에도 소홀한 내 모습을 인정하게 된다.

내가 식물을 키우며 알게 된 것 중에 중요한 사실 하나는 식물의 가격이 식물의 매력을 모두 다 말해 주진 않는다는 점이다. 같은 몬스테라인데 무늬가 조금 더 들어가면 가격이 몇십 배 나 뛰는 식물의 세계에서 무늬를 동경하는 것은 일상에서 명품 가방에 로망을 가지는 것과 같다고 생각해 본다. 실제로 무늬를 가진 비싼 식물들이 아름답긴 하지만, 무늬가 없는 흔한 식물이라고 해서 특별히 더 못나거나 매력이 없는 것이 아니다. 나는 나만의 방법으로 나만의 속도대로 내 삶에 식물을 초대하고 싶다. 오늘도 나의 작은 정원에서 각자의 매력을 가진 식물들이 자신만의 긍지를 뽐내고 있고 자신만의 규칙대로 자란다.

이 책을 쓰다가 멈추었을 때가 지난 겨울이었다. 함께 글을 쓰던 분들은 모두 하나하나 글을 완성해서 책을 출판하기 시작했다. 모두가 열심히 달리는 레이스에서 이러지도 못하고 저러지도 못한 채 주저앉아 있는 무기력한 내 모습이 보였다. 대학을 가고, 임용고시에 합격하고, 직장에서 나의 입지를 확고하게 하는 일에 늘 한 박자 느리게 걷던 나였다. 삶에서 중요한 순간에 남들보다 빠른 성취를 얻지 못하고 느렸던 나였기에 이번에도 또 스스로에 대해 실망하는 마음이 자라났다. 마흔의 중반에 접어들면서는 이런 모든 흔들리는 마음에서 어느 정도 자유롭다고 생각했는데, 여전히 내 마음은 배워야 할 것이 많다.

결국, 툭툭 털고 일어나 그냥 내가 결승점까지 걸어가면 되는 일이었다. 누가 선두로 달렸는지는 중요하지 않은 자기와의 싸움이라는 생각이 든 순간, 내 마음에 조금씩 힘이 생겼다. 내가 스스로 하기로 한 것을 해내고 있는가 아닌가. 이제 모든 인생의 주저앉고 싶은 순간에 이 질문만 생각하려고 한다.

크테난테 아마그리스

낮에는 잎이 위로 세워져 있다가 밤이 되면 잎을 활짝 펼치는 식물이에요. 잎 모양은 타원형으로 동글동글하고 앞면은 회색빛이 감도는 녹색이고 뒷면은 보라색이라 독특합니다. 잎에 광택이 있고 얇은 붓으로 그린 듯한 무늬가 매력적인 식물인데 키우기도 쉽고 성장도 빨라 초보자가 키우기에도 좋아요.

12

흔들리며 피지 않는 꽃은 없다

동글동글한 잎이 사랑스러워 늦둥이 막내처럼 느껴지는 필레아 페페라는 식물이 있다. 해를 많이 받아야 잎이 작고 예쁘게 자라니 빛이 좋은 창가에서 키우면 좋다. 물도 아주 좋아해서 물을 말리지 않도록 신경 쓰며 기르면 아주 잘 자란다.

필레아 페페는 잎이 동그래서 돈나무라고 부르기도 한다. 귀여운 모습에 번식력도 왕성해서 '다산의 여왕'이라는 애칭이 있다. 어찌나 번식력이 좋은지 굵은 줄기 아래쪽에 조롱조롱 귀여운 자구들을 마구마구 생산해 낸다. 자구는 필레아 페페 모체의 영양분을 모두 빼앗아 가기 때문에 분리해서 독립을 시켜 주어야 한다. 번식력이 좋아서 작은 자구도 잘 자랄 것 같았는데 막상 키워 보니 너무 작고 여린 것들은 좀 더 세심하게 관리해 주어야 했다. 그래서 너무 작을 때 분리하지 않고, 어느 정도 자란 후에 분리해 키워 주면 좋다.

처음으로 키웠던 필레아 페페가 너무 사랑스러워서 새로운 필레아 페페를 한 개 더 들였다. 하나는 실내에서 곱게 곱게 키우고 있고, 또 하나는 베란다에서 씩씩하게 자라나고 있다. 실내에서 키운 필레아는 줄기도 잎도 여리고 청순하지만 튼튼하다는 생각은 덜 든다. 상대적으로 베란다에서 바람을 맞으며 자란 필레아 페페는 보기만 해도 씩씩하다. 줄기도 더 튼튼하고 잎도 더 단단하다. 바깥의 온도 변화에도 좀 더 유연하다. 찬바람을 맞으며 볼이 빨개지도록 뛰어노는 아이처럼 마냥 씩씩해 보인다.

아이를 출산하고 난 이후, 체온 변화에 늘 민감했던 나는 어느 순간 바람을 무척 싫어하게 되었다. 바람이 많이 부는 날은 내 몸만 걱정하는 게 아니었다. 내가 찬바람의 불편함과 불쾌감을 경험했기에 아이들이 바람을 맞는 것도 막아 주고 싶은 마음이 되었다. 아이들이 바람이 부는 날 외출이라도 할 것 같으면 온몸을 꽁꽁 싸 주며 걱정을 했다. 혹여나 감기라도 걸리면 어쩌나 싶어서 유난을 떠는 내 모습이 나도 마음에 들지 않았다. 하지만 걱정을 감출 수는 없었다.

작년 겨울, 첫째 아이와 동갑내기를 아들을 키우는 옛 직장 동료를 만났다. 하필 눈이 오고 난 뒤에 추운 날이었는데 바람까지 강하게 불었다. 차를 마시며 대화를 나누고 함께 식당으로 이동하면서 찬 바람에 대비해 머리부터 발끝까지 꽁꽁 싸매고 조심조심 걸었다. 그런데 그녀는 그 추운 날에도 발걸음이 사뿐사뿐 가벼워 보이기까지 했다. 나보다 훨씬 얇은 옷을 입고도 행복한 웃음을 날리며 춤추듯이 걷고 있었다. 바람이 이렇게 많이 부는데 춥지 않은지 물어보았다. 원래 바람이 많은 곳에서 어린 시절을 보냈기에 늘 바람 부는 것을 좋아한다고 했다. 한겨울에 바람 부는 날을 좋아하다니. 믿을 수 없기도 했지만 그렇게 말하는 모습이 너무 행복해 보여서 찬 바람 속에서 왠지 나도 덩달아 기분이 좋아졌다.

그날 그녀를 보면서 어떤 바람에도 두려워하지 않는 마음이 인생을 용기 내서 사는 방법이라고 생각하게 되었다. 평소 그 누구보다도 자기 삶의 주도권을 쥐고 살아가며, 매사에 흔들림 없이 단단하게 사는 사람이었기에 더 그렇게 느꼈는지도 모른다. 왠지 찬 바람을 기분 좋게 받아들이는 모습이 멋지고 당당해 보였다. 바람이 인생의 어떤 시련이라면 움츠리거나 미리 주눅 들지 않고 좀 더 여유 있게 그 바람을 껴안고 싶다고 생각했다. 그렇게 바람을 즐겁게 받아들일 때 그 상황은 무거운 것이 아닌 가벼운 것이 될 것이라고.

어린 시절부터 내 마음에 쌓아온 마음이 있다. 조심스러운 마음. 왜 그런지 그 이유를 몰라 늘 수많은 물음표를 만들어 냈던 마음이기도 하다. 이건 내 인생의 또 다른 마음 숙제이다. "나는 왜 이렇게 조심스러운 마음으로 사는가." 내가 행복한 것이 누군가에게 상처가 될 것처럼 굴 때, 나는 나 자신이 낯설게 느껴진다. 평생을 장애를 지니고도 삶을 당당하게 살았던 장영희 교수님의 『살아온 기적, 살아갈 기적』에 실린 글을 보며, 늘 내 마음을 응원한다.

"나는 그때 마음을 정했다. 나쁜 운명을 깨울까 봐 살금살금 걷는다면 좋은 운명도 깨우지 못할 것 아닌가. 나쁜 운명, 좋은 운명 모조리 다 깨워 가며 저벅저벅 당당하게, 큰 걸음으로 걸으며 살 것이다."

―『살아온 기적 살아갈 기적』, 장영희, 샘터

좋은 운명, 나쁜 운명 모조리 깨워 가며 당당하게 살자고. 미리 걱정하면서 현재의 즐거움을 포기하지 말고 비바람도, 찬바람도, 좋은 바람도 다 맞으면서 단단하게 나를 세워 보자고 마음먹는다. 때로는 바람도 맞고, 갑자기 닥친 찬 바람도 기꺼이 껴안아 보아야 할 일이다.

〈오늘의 초록〉

　사실 살면서 수많은 장점이 있음에도 불구하고 하나의 단점에 마음이 걸려 결국 용기를 내지 못했던 일들도 얼마나 많았던가. 무수히 많은 예쁜 잎에 집중할 때 그 식물을 온전히 사랑할 수 있지 않을까.

새싹이 돋다

: 다양한 초록의 세계에서
매일 자란다

1

나만의 작은 숲을 가꾸며

    20대 초반의 젊은 여자가 자전거를 타고 숲길을 가로지른다. 그 장면을 따라 나도 함께 숲길을 따라간다. 주인공과 함께 자전거를 타며 시작된 영화, 〈리틀 포레스트〉의 첫 장면이다. 모두 잠든 저녁이면 치열했던 일과 세 아이 육아에서 벗어나 잠시나마 지친 몸과 마음을 쉬는 시간을 가졌다. 아이들이 모두 잠든 어느 여름날, 딱 내가 좋아하는 초록색의 하이네켄 맥주 한 캔과 향기만 맡아도 행복해지는 버터 오징어구이를 구워 놓고 화면 속으로 빨려 들어갔다. 그리고 그 여름 내내 이 영화에 빠져 느낀 좋은 기분을 아이들과 공유하고 싶다고 생각했다.

    영화는 이렇게 흘러간다. 임용고시에 실패하고 다시 고향을 찾은 주인공 혜원은 텅 빈 시골집으로 걸어 들어간다. 잠시만 들렀다 가겠다던 시골집에서 1년을 살면서 스스로 농사

짓고 갓 수확한 제철의 재료로 엄마의 부엌에서 음식을 만든다. 그 정감 넘치는 부엌에서 음식을 만드는 과정을 자세히 지켜볼 수 있다는 점이 이 영화의 매력이다. 게다가 모든 음식을 제철 음식 재료로 만들어 낸다. 제철의 맛과 그때만 느낄 수 있는 행복을 아이들에게 보여 주고 싶었다.

내 주특기는 내가 좋아하는 것들을 수업에 들여오는 일이다. 수업을 재구성할 때 주로 내가 좋아하는 것들을 수업이나 학급 경영에 가져왔다. 이것을 교실에서 함께할 때 아이들의 반응이 좋기도 했지만, 무엇보다 그걸 이끌어가는 내가 지치지 않는 마음이 중요하니까. 아이들이 잘 따라와 주지 않더라도 내가 좋아하는 일이니, 멈추지 않고 끝까지 할 수 있었다.

이 영화를 자유 학년 동아리 수업에서 계절별 음식 재료를 찾는 활동에 활용하기로 했다. 조사해 보니 저녁 시간을 학원에서 보내는 요즘 아이들은 편의점에서 라면과 삼각김밥, 불량식품 등으로 식사를 대충 때우는 경우가 있었다. 영양소 수업을 할 때면 아이들은 "영양소보다는 맛이 더 중요해요."

라며 자연에서 얻은 재료로 조리한 식사에 거부감을 보일 때가 많았다. 건강을 위한 음식이라면 제철에 나는 신선한 재료로 조리하는 것이 기본이다. 영화에 등장하는 계절별 음식 재료와 요리를 만다라트에 정리하고 요리책을 만드는 활동을 해 보았다. 시작할 때 시큰둥했던 아이들의 수업 후기가 예상외로 뜨거웠다. 느끼는 바는 개인마다 약간의 차이는 있겠지만 아이들의 후기는 이렇다.

"계절별로 많이 나는 재료를 알게 되었다."

"좋아하지 않던 음식 재료에 관심이 생겼다."

"직접 만들어 먹어 보고 싶다."

"시골에 가서 여유로움을 느끼며 살고 싶다."

"시골이란 곳은 불편하고 힘들다고만 생각했는데 실제로 가서 경험하고 싶다."

"인생의 철학을 담고 있어서 좋았다."

"생각보다 너무 재미있고 보는 내내 배가 고팠다."

"영화의 모든 장면이 힐링이었다."

아이들만 그런 것이 아니라 나도 그랬다.

자연과 숲, 귀농 등에 관심이 많은 나는 통창 밖으로 숲이 보이는 부엌에 로망이 있다. 매일 아침 요리하는 나의 공간을 머릿속으로 매일 그린다. 매일 아침 갓 딴 채소들로 건강한 아침상을 차리고 싶다. 그런 나의 시골집 로망은 〈리틀 포레스트〉를 통해 더 커지고 심오해졌다. 언젠가는 전원주택을 지어 마당 가득 꽃과 식물을 가꿔야지. 이 영화 덕분에 더 구체적으로 매일 정원에서 마당을 가꾸는 상상을 하곤 한다. 엄마가 자신을 왜 떠났는지 이유를 찾던 여주인공 혜원은 마지막 부분에서 이렇게 말한다.

"그동안 엄마에게는 자연과 요리, 그리고 나에 대한 사랑이 그만의 작은 숲이었다. 나도 나만의 작은 숲을 찾아야겠다."

그리고 자신만의 길을 떠나는 혜원을 보며 내 마음도 함께 흔들리는 것을 느꼈다.

나만의 작은 숲은 어디에 있을까.
사전적으로 리틀 포레스트는 작은 숲으로 해석할 수 있다. 어쩌면 나만의 작은 숲이라는 것은 내 삶을 지탱해 주는 어떤 것들이 아닐까. 세 아이의 엄마로 사는 복작거리는 삶 안에서 언제든 들어가 쉴 수 있는 나만의 작은 숲을 만들고 싶다는 열망은 그날 밤을 하얗게 지새우게 했다. 육아와 일에 치여 내가 좋아하는 것은 무엇인지, 내가 무엇을 만들어 갈 것인지, 그때의 나는 잘 알지 못했다. 그저 나의 숲을 가꾸어야겠다는 마음만을 가졌었다. 지금 와 돌아보니 아이를 키우는 동안 조심스럽게 나 자신도 조금씩 키워 가고 있었다. 어떤 숲을 만들고 싶은 건지 잘 모르는 내 마음을 공부하고 책을 읽고 작은 기록들을 정리하고 자연을 집 안에 들여 식물을 돌본다. 때로는 집을 떠나 숲으로 향하는 캠핑을 한다.

나의 작은 숲들은 조만간 크기도 커질 것이고 종류도 더 늘어날 것이다. 호기심이 닿는 대로 배우고 만들어 나가기로 마음먹었기 때문이다. 그런 숲들이 모이면 더 다채롭고 큰 숲이 되지 않을까.

나의 블로그 이름인 〈나만의 작은 숲〉은 그런 나의 기록을 담는 공간으로 가꾸어 가고 싶다. 그 숲을 늘려나가기 위해 다양한 일에 손을 뻗는 일에도 매번 용기를 내면서.

오늘의 초록

2

초록 지붕의 빨강 머리 앤처럼

육아에 지치고 힘들 때 아이들의 완역본 고전에서 『빨강 머리 앤』을 꺼낸다.

남자아이들만 키우고 있어서 그런지 『빨강 머리 앤』, 『작은 아씨들』 같은 책은 펼쳐 본 적이 없어서 새 책 그대로이다. 오롯이 나를 위해 존재하는 책이다. 아무도 읽지도 손대지도 않은 책을 펼치면서 이렇게 좋은 이야기를 나눌 사람이 우리 집에 없다는 사실에 문득 아쉬운 마음이 든다.

나에게 고전의 1순위는 언제까지나 『빨강 머리 앤』이다. 어린 시절 만화부터 좋아했던 『빨강 머리 앤』은 어른이 된 나에게 꾸준하게도 위로와 감동, 그리고 희망을 준다. 하루는 넷플릭스에서 〈앤 시리즈〉를 밤새 정주행했다. 낮 동안의 피곤이라는 고통이 좀 있긴 하지만 역시 시리즈물은 정주행이 답이다.

『빨강 머리 앤』을 좋아하는 사람들이 많지만, 사람마다 앤을 좋아하게 된 포인트는 저마다 다르다. 숲과 나무의 초록을 사랑하는 나에겐 초록 지붕의 집과 그 집을 둘러싼 풍경을 상상하는 일이 가장 큰 즐거움이다. 책의 배경이 된 캐나다의 프린스 에드워드섬의 클리프턴은 작가 몽고메리가 실제 어린 시절을 보낸 곳이자 작가가 아주 사랑했던 장소였다고 한다. 책 속의 앤은 주변의 자연 풍경을 보면서 자신만의 상상력을 유감없이 발휘하곤 한다. 작가인 몽고메리도 자신이 즐겨 찾던 장소에 '연인의 오솔길', '빛나는 물의 호수', '유령의 숲'과 같은 이름을 붙였다고 전해진다. 소설 속의 앤도 그렇게 자연의 모든 것에 자신만의 이름을 붙인다. 자연에 대한 작가의 상상력 덕분에 그 장소를 마음껏 상상하며 읽게 된다.

앤은 매슈와 처음 만나 초록 지붕의 집으로 가는 길을 이렇게 표현한다.

"멋지고 아름다운 풍경을 볼 때마다 통증을 느껴요. 저렇게 아름다운 곳을 가로수길이라고 부르면 안 돼요. 그 이름엔 아무런 의미가 없잖아요. 그러니까 뭐냐 하면, 저 길은 '기쁨이 넘치는 하얀 길'이라고 불러야 옳아요. 상상력이 넘치는 멋진 이름 같지 않나요?"

이렇게 이름을 지어 주는 것을 좋아하는 앤은 초록 지붕 집의 창가에 놓여 있던 제라늄을 보고 이렇게 말한다.

"비록 제라늄에 지나지 않더라도 이름을 지어 주고 싶다니까요. 그러면 한결 사람에 가까운 느낌을 주거든요. 모든 제라늄을 오로지 제라늄이라고 부른다면 제라늄의 마음에 상처를 주지 않을까요? 아주머니께서도 다른 사람들이 늘 아주머니를 '어떤 여자'라고 부르면 기분이 좋지 않으시겠지요. 저는 쟤를 보니라고 부르겠어요."

앤은 그 상대가 하찮아 보이는 식물일지라도 그에 맞는 이름을 지어 준다. 그런데 아이들은 어떤가. 내가 들어가는 반은 모두 8개이다. 아무리 노력해도 이름이 잘 외워지지 않는 아이들이 있다. 그런 아이들에게 '학생'이라고 말하는 일은 어쩐지 미안하다. 예전에는 아이들의 이름이 달린 명찰을

교복 위에 달았는데 학생 인권을 보호하는 차원에서 요즘에
는 이름표 착용은 하지 않는다. 아이들에게 그냥 '학생'이라
고 말하는 일을 줄이기 위해 사진 명렬표를 뽑고 최대한 자
주 이름을 부르려고 노력한다.

이렇게 이름 부르는 일을 중요하게 생각하면서 우리 집에
있는 식물들은 뭉뚱그려 '초록이'로 부르고 있었다. 집에서
생활하는 모든 순간에 나에게 좋은 영향을 주는 존재인데도
그랬다. 빨강 머리 앤의 말을 들으면서 나는 식물의 이름을
하나하나 불러 주어야겠다고 결심했다. 어쩌면 진정한 소통
은 이름을 부르는 데서 시작하는 건지도 몰랐다.

초록 지붕 집에 오기 전의 앤은 행복과는 거리가 먼 삶을
살았다. 우리는 초록 지붕 집에서 앤이 자신만의 세계를 만
들어가며 놀랍게 성장하는 모습을 볼 수 있다. 자연 안에서
상상력을 펼치며 마음의 어두움을 극복하고 앞으로 나아가
는 앤. 그 성장의 이면에는 초록 지붕 집을 둘러싼 자연의
힘, 즉 초록의 힘이 있다. 초록 지붕의 집을 둘러싼 자연의
모든 것이 한 아이를 성장시킨다. 이런 깨달음은 내가 자연

을 동경하고 사랑하는 일을 더 심화시켜 주었다. 아이들과는 캠핑을 통해 자연을 누리기로, 자연을 집 안으로 들여와 매일 초록을 마주하기로 한다.

"지금 제가 집으로 가고 있다는 느낌, 그리고 저기가 집이구나 하는 느낌이 이렇게 좋은 거네요. 어느새 저는 초록 지붕 집을 사랑하게 되었어요. 지금껏 어떤 집도 사랑한 적이 없었답니다. 하나같이 집다운 집으로 여겨지지 않더라고요. 마릴라 아주머니, 지금 저는 얼마나 행복한지 몰라요."

고전을 읽는다는 것은 어쩌면 자연으로 둘러싸인 초록 지붕의 집으로 돌아가는 느낌과 같지 않을까.

제라늄

제라늄은 가을부터 봄까지 쉼 없이 꽃이 피고 집니다. 꽃이 지고 난 뒤엔 왠지 모르게 허탈한 마음이 들거든요. 그런데 끊임없이 새로운 꽃을 피우는 제라늄을 보면 왠지 뭐든 새로 시작할 수 있을 것 같은 희망이 생깁니다. 건조에는 강하지만 과습에는 약합니다. 창문을 활짝 열 수 있는 햇빛 좋은 곳에서 키워 보세요.

3

지구를 위해 오늘도 초록합니다

2023년은 그 어떤 때보다 무더운 날씨와 폭우가 반복되는 여름날들이었다. 에어컨을 켜거나 플라스틱 잔에 커피를 테이크아웃 할 때면 내 마음 한구석에서 불쑥 들려오는 목소리가 있다. 한 공익 광고에서 나를 사로잡은 북극곰의 목소리이다.

나는 북극곰입니다.

나는 기후 변화가 신경 쓰이지 않습니다.

뽀얀 털을 갖고 있어서,

귀여운 까만 코를 갖고 있어서,

당신은 나를 걱정하고 안타까워하지만

당신이 걱정해야 하는 건 내가 아닙니다.

이미 당신에게 계절은 의미가 없어졌고,

이상기온은 더 이상 이상하지 않습니다.

이것은 나의 문제가 아니라 당신의 문제입니다.

하지만 지금, 여러분은 할 수 있는 일이 있습니다.

그리고 나, 북극곰은 할 수 있는 일이 없습니다.

지금 북극곰과 우리 지구에서 벌어지고 있는 이 끔찍한 변화를
멈춰 주세요.

그린피스의 목소리를 전달하는 이 공익 광고는 내 마음을
서늘하게 만든다.

오스트리아 출신의 화가이자 건축가인 훈데르트바서는 인
간을 보호하는 피부가 다섯 겹이라고 하였다. 첫 번째는 '진
짜 피부', 두 번째는 '입고 있는 의복', 세 번째는 '살고 있는
집', 네 번째는 '사회', 다섯 번째는 '지구' 즉 환경이다. 우리를
보호하는 피부 중 가장 바깥쪽에 있어 우리의 관심에서 가장
멀게 느껴지는 환경이 무척 염려되는 요즘이다. 가장 멀리 있
기에 쉽게 잊히기도 소홀해지기도 쉽기 때문이다. 나 역시 불
볕더위 속에서 지구의 어려움보다 당장 나의 정신적 건강, 신
체적 건강을 위해 눈뜨면 에어컨의 리모컨을 먼저 찾는다. 그
리고 약간의 죄책감은 무더운 현실 앞에서 쉽게 내려놓는다.

16살 첫째와 14살 둘째가 다녔던 유치원은 몬테소리와 생태교육을 중심으로 운영하는 곳이었다. 유치원 풍경이 참 아름다워서 아직도 그 시절의 기억이 생생하다. 아이들과 매일 오르고 내린 그 언덕길, 푸른 잔디 위에서 그림처럼 수녀님을 따라 뒤뚱뒤뚱 걷는 오리들의 산책은 늘 내 마음을 동심으로 데려다주곤 했다. 아이들은 매일 아침 드넓은 유치원 정원에서 산책하고, 자신들이 심은 나무에 물을 주었다. 그리고 지렁이와 EM 발효액을 활용해 직접 텃밭을 일구었다. 촌스러운 몸빼 바지를 입고 모내기와 추수를 했다. 매일 자연 놀이, 숲 놀이를 하며 그렇게 아이들이 자라났다. 내가 숲과 생태교육을 중요하게 생각하게 된 건 이 유치원에서의 경험 덕분이었다고 말할 수 있다.

한 달에 몇 번씩이고 떠나는 체험학습 날이면 직접 싼 자연식 도시락과 적당한 양의 견과류나 과일 같은 자연 간식을 통에 담아 갔다. 물티슈가 필요한 순간에 사용할 수 있도록 손수건을 물에 적셔 통에 담아 보냈다. 친구들과 함께 공동 텃밭을 신청해 농사를 지어 보기도 했고, 생일 파티를 할 때면 각자의 그릇을 챙겨와서 케이크나 간식을 담아 맛있게 먹고 남은 것은 다시 집으로 가져왔다. 이런 경험 안에서 아이를 키우는 일이 나는 참 좋았다. 나 혼자만이 아니라 모두가 함께하는 일이었기에 그랬다. 이런 이유로 우리 가족이 신도시로 이사 왔을 때 쉽게 유치원을 옮길 수가 없었다. 건축 중인 아파트가 더 많은 신도시라 유치원을 보낼 곳이 마땅치 않았다. 여기저기 다녀보았지만 화려한 교구와 영어, 코딩 같은 특별활동을 강조하는 곳은 있지만, 뛰어놀 곳 하나 없이 달랑 실내 놀이터만 있는 곳들도 있었다. 그런 환경에서 아이들이 자라는 것에 영 마음을 줄 수가 없었다. 결국 '좋은 가치'라는 것을 중심에 두기로 했고, 휴직 동안 매일 1시간 반씩 운전을 해서 두 아이 모두 다니던 유치원을 졸업시켰다.

아이들이 유치원 다니던 때에 '즐거운 불편'이라는 책자를 하나하나 따라 하면서 매일매일 지구를 위해 우리 가족이 할 수 있는 일들을 도전하였다. 일상에서 환경과 생태를 위한 즐거운 불편을 실천하고 그 내용을 부모와 함께 작성해서 유치원으로 가져갔다. 온 가족이 열심히 실천한 덕분에 우리 아이들은 늘 상을 받았다. 즐거운 불편 덕분에 쌀뜨물을 버리지 않고 청소를 하거나 식물에 주기, 외식 대신 도시락을 싸서 나들이를 가기, 집에서 식물을 가꾸고 기르기, 콩나물이나 버섯을 직접 길러 먹기, 플라스틱 장난감 대신 돌, 흙, 물, 나뭇가지와 같은 자연물로 노는 법을 몸으로 실천했다. 이때부터 아파트 텃밭에서 가족 텃밭을 일구며 채소를 길러 먹고 집 안에서는 식물들을 길렀으며, 더 열심히 유기농 음식들로 장을 보았다. 고구마 말랭이, 과일 말랭이, 누룽지 과자, 통감자구이, 봄이면 할머니와 함께 캐고 만든 쑥개떡 같은 자연 간식의 참맛을 더 오래 누리고 좋아하게 된 것도 이 활동 덕분이다. 일찍부터 억지로 글자 공부, 숫자 공부를 하지 않았지만, 대신에 아이들이 더 좋은 가치를 경험할 기회를 많이 얻었다고 생각한다. 지구를 위해 포스터를 만들어 관리 사무소에 게시해 달라고 요청을 하고, 하굣길에 친구들을 모아 쓰레기를 줍던 첫째 아이의 꿈 안에는 지금까지도 환경을 살리는 일이 그 중심에 있다.

사실 어떤 가치를 안다고 해서 그 가치를 일상 안에서 매일 실천하는 일은 어렵다. 너무도 당연한 말이지만 그게 삶으로 들어오기까지는 큰 노력과 관심이 필요하다. 가장 중요하게 생각한다고 하더라도 삶 안에서 매일 실천하는 것이 어렵기에 그런 가치를 학교 안에서라도 더 많이 경험하게 해주고 싶다고 생각해 본다. 그래서 버려지는 옷을 새로운 작품으로 만드는 업사이클링 수업 활동을 해마다 하고 있다.

버려질 수 있는 것에 가치를 부여하는 일은 어찌 보면 생태와 환경에 관해 아이들에게 어떤 씨앗을 심어주는 일이다. 그 씨앗이 어떻게 자랄지는 모르겠지만 적어도 말라 없어지지 않도록 많은 경험을 함께 공유하면 좋겠다. 나 혼자만 할 때보다 함께할 때 그 가치는 더 커질 것이다.

4

숲에서 어른이 된다

캠핑을 시작한 이유가 뭐였냐 하면, 당연히도 초록이 너무 좋아서이다. 아기가 어릴 때 청소기 소리를 들려주거나 수돗물을 틀어 주면 쉽게 잠든다는 것을 알게 된다. 그게 바로 백색소음이라는 것이다. 빗소리, 귀뚜라미 소리, 장작불이 타닥거리는 소리, 파도 소리, 새소리, 물소리까지 자연의 모든 소리가 만들어 내는 소리를 말한다. 낮에는 숲에서 신나게 놀며 자연의 변화를 느끼다가 자연스럽게 다양한 백색소음을 들으며 잠드는 일은 어른들의 불면증에도 특효약이다. 아이를 낳고 나서 예민해졌던 나는 종종 쉽게 잠들지 못했었는데 캠핑장에서는 불필요한 걱정 없이 잠에 깊이 빠질 수 있어서 좋았다.

캠핑을 하게 된 진짜 이유가 또 하나 있었다.

아이들이 어릴 때 엄마는 엄마의 살림을 닫아 놓고 우리 집으로 와 주었다. 우리 집 부엌을 내 집 부엌처럼, 손주들을 내 아이처럼 살뜰히 보살펴 주었다. 워킹맘에 주말부부라는 타이틀을 놓고 생각하면 이보다 더 좋을 수 없는 친정엄마 찬스였다. 하지만 뭔지 모르게 내 삶의 자리를 엄마에게 내어 주었다는 생각이 들어 은근히 내 집이 불편해지기도 했다. 아이를 훈육하는 일에서도 삶의 방식을 결정하는 일에서도 늘 나의 선택이 존중받지 못하는 상황이 생겨났다. 아이를 사랑으로 돌봐 주는 엄마에게 감사하려고 노력할수록 내 의견 대신 엄마가 원하는 의견을 따라야 할 때가 많았다. 그럴 때마다 나도 모르게 답답한 마음이 들었다. 알고 보니 이런 어려움이 나에게만 있는 것은 아니었다. 엄마 역시 주말에 쉬는 시간을 보장받지 못하고 그런 스트레스와 힘듦을 나에게 표현했다. 엄마 역시 최선이라고 생각한 역할에 스스로 지치고 있었다.

사람에게는 자기 삶을 자율적으로 선택하며 사는 삶이 아주 중요하다. 그 당시의 나는 자율성 없이 수동적인 삶을 사는 모양새였다. 엄마가 자기 삶 대신 나를 위해 희생하는 시간에 대한 존중, 그리고 내 삶을 주체적으로 선택하는 일 사이에서 늘 갈팡질팡했다. 어떤 선택이 맞는지 자주 흔들렸기에 앞으로 나아가는 삶 대신 나의 어린 시절 상처받은 내면의 아이에 대해 생각하는 시간을 더 많이 보내야 했다.

우리에겐 물리적인 거리가 필요했다. 서로에게 닿지 않으면서 자기 삶을 다독이고 그 삶에 집중하는 시간 말이다. 주체적인 삶을 위해서 주말이면 어디든 나가야겠다고 생각했고, 그때 문득 생각난 것이 캠핑이었다. 그때 마침 같은 직장에 근무하는 분이 캠핑 마니아여서 우리 부부의 첫 캠핑 장비를 준비하는 것을 도와주셨다. 중고로 테이블, 의자를 구매하고 바람에 강하다는 돔 텐트와 편한 잠자리를 위해 에어매트, 침낭을 샀다. 우리 둘째가 22개월 되던 2013년 가을 우리는 그렇게 첫 캠핑을 시작하게 되었다.

생각보다 아이를 데리고 다니는 캠핑은 쉽지 않고 불편한 점 역시 많았다. 하지만 그 모든 불편함을 능가할 만한 좋은 점이 셀 수도 없이 더 많았다. 우선 주말에 엄마와 거리를 두면서 나의 마음이 회복되는 시간이 생겼다. 뭐든 스스로 해내야 하는 캠핑 생활 안에서 빠르게 자존감이 채워지는 치유의 시간도 경험했다.

또, ADHD가 아닌가 싶을 정도로 호기심이 넘쳤던 아이를 집에 데리고 있는 것은 내 육아에서 가장 큰 숙제였다. 그랬던 아이가 모래 놀이를 시작하면 몇 시간씩 자기 세계에 빠져서 신나게 놀이하며 몰입의 시간을 가졌다. 덕분에 나는 잠시 육아의 힘듦에서 벗어나는 자유도 맛볼 수 있었다. 캠핑으로 나는 적어도 두 가지를 얻은 셈이다. 삶에서의 자유와 육아에서의 자유. 학창 시절부터 RCY나 걸스카우트를 통해 경험했던 캠프를 유난히 좋아했다는 사실도 다시금 깨닫게 되었다.

늘 꿈꾸던 전원주택을 사서 시골로 갈 용기는 부족했지만, 작은 별장을 숲속에 짓는 일에는 쉽게 용기를 낼 수 있다. 우리 부부는 아이들이 숲에서 일찍 잠들면 음악을 잔잔하게 틀어 두고 타닥타닥 타오르는 모닥불을 보며 육아로 고생한 서로를 위해 맥주를 마시곤 했다. 시원한 밤공기, 뜨거운 모닥불, 그리고 차가운 맥주의 느낌과 산속에서 바라보는 밤의 분위기는 주말이면 우리를 캠핑장으로 달려가게 했다.

되돌아보니 자연 속에서 내 안의 어린아이가 조금씩 자라 어른이 된 것 같다. 캠핑만이 나를 키웠다고 말할 수는 없지만, 그 시간이 나에게는 새로운 성장의 디딤돌이 되었다.

그렇게 조금씩 진짜 어른이 되고 나서야 내 아이들과의 관계를 고민할 수 있게 되었다. 나와의 관계에서 우리 아이들이 자기다운 삶을 주체적으로 설계해 나가고 자신의 선택을 믿고 나아갈 수 있길 바란다. 아이들 삶에 지속해서 영향을 미칠 내 삶을 잘 세워나가는 것이 그 첫걸음이 될 것이다. 내가 희생 대신 나의 삶을 채워야 하는 중요한 이유다.

새싹이 돋다 : 다양한 초록의 세계에서 매일 자란다　　117

보스톤 고사리

잎이 풍성하고 색감이 아름다운 식물이에요. 물만 잘 주어도 무탈하게 잘 자라고 어떤 공간에서도 무난하게 잘 어울려요. 잎이 폭포수처럼 아래로 흘러내려 풍성하게 공간을 채워 줍니다. 실내에서 발생하는 포름 알데히드 제거 능력이 뛰어나고 수분 방출 효과도 있어 천연 공기 청정기, 천연 가습기의 역할을 해 줍니다.

5

소심한 채식주의자

뽀글뽀글한 초록 머리를 가진 브로콜리, 싱그러운 연둣빛을 가진 완두콩 밥, 우거진 숲의 색을 닮은 단호박, 달큼한 맛이 나는 시금치, 연두색 호박과 파, 아삭아삭 오이, 향긋한 깻잎, 고구마 줄기, 상추 등 다양한 초록을 가진 채소들. 심지어 초록색도 아닌데 초록의 기운이 느껴지는 양파, 가지, 파프리카 같은 채소들까지 가리지 않고 행복하게 먹는 아이가 있다.

두 볼에 가득 밥을 넣고 세상 행복한 표정으로 밥을 먹는 아이, 먹는 일로 나를 힘들게 한 적이 없는 아이, 채소와 과일이 가득한 밥상 앞에서 "잘 먹겠습니다"라고 기쁘게 말하는 아이. 바로 눈에 넣어도 아프지 않은 여덟 살 늦둥이 막내, 감동(감동이는 막내 아이의 태명)이다. 삶은 브로콜리를 간식으로 아작아작 씹고 빨아 먹는 것을 좋아했고, 이유식 먹을 때는 진밥을 입으로 얼른 넣고 싶어 서툰 숟가락을 움직이는 대신 얼굴을 재빨리 숟가락 밑으로 가져가던 먹성 좋은 아이이다. 이런 감동이가 마음껏 먹을 수 없는 음식이 있다. 바로 밀, 보리, 달걀이 들어간 음식이다.

아이들이 첫 이유식을 할 때는 알레르기에 대한 반응을 살펴 줘야 한다. 매일 한 가지 채소를 넣어 아이에게 맞지 않는 음식들을 체크 해야 했다. 번거롭기도 하고 귀찮기도 해서 생략하고 싶었지만, 알레르기 반응을 살펴야 한다는 말에 책에서 나온 대로 열심히 음식 반응을 살폈다. 먼저 낳은 두 아이를 키우는 동안에는 아무리 유심히 살펴도 알레르기 반응이 있는 건지 없는 건지 아리송했다. 때때로 입 주변이 붉어진 것 같은 느낌도 있었지만, 크게 드러나는 반응은 없었다.

감동이가 돌 무렵이 되었을 때였다. 유기농 쌀 식빵을 샀다. '이 행복한 빵 맛을 이젠 함께 공유할 수 있다니.' 아이의 반응을 기대하는 마음에 내 마음이 한껏 부풀었다. 순식간에 식빵 한 쪽을 먹어 치웠던 아이는 이내 온몸의 피부가 붉게 변했다. 그때 알았다. 맞지 않는 음식이 있다면 도저히 모르고 지나갈 수가 없는 일이라는 것을. 그리고 모르고 지나갈 정도의 반응이라면 먹을 수 있는 범위의 음식이라는 것을. 겨우 작은 쌀 식빵 한 개를 먹었을 뿐인데 아이는 콧속까지 붉게 물들었다. 기도가 막히면 어쩌나 싶을 정도로 강한 반응에 놀라 아이를 업고 달려가 검사를 했다. 알레르기 검사 결과 밀, 보리, 달걀흰자에 제법 높은 수치의 결과가 나왔다. 이제 어쩌냐는 나의 질문에 선생님은 밀과 달걀을 먹지 않아도 사는 데 지장 없다고 말씀하셨지만, 그걸 뺀 나의 식단을 상상하기가 쉽지 않았다.

어느 날은 내가 마트에서 장 본 것들을 정리하고 있는데 그사이 이것저것 구경하다가 감동이가 달걀 한 판을 모두 깨뜨렸다. 그 느낌이 재미있었는지 얼굴과 손발에 잔뜩 달걀을 묻히고 나온 아이의 피부는 달걀이 닿은 곳마다 울긋불긋하게 물들어 있었다. 스치기만 해도 알레르기 반응을 나타내는 음식이 있다는 걸, 내 아이를 통해 경험하게 되었다. 이런 일들이 더 충격이었던 것은 그 음식들은 내가 일상에서 즐기는 음식이었기 때문이었다. 흔하게 먹는 음식들이 누군가에게는 고통이 될 수 있는 일이었다. 사랑하는 아이를 위해 우리가 먹는 음식을 바꾸어야 했다.

   기존에 우리가 먹던 음식에 재료를 바꾸어 밀 대신에 감자전분과 쌀가루, 찹쌀가루로 조리를 했고 밀이 들어간 진간장 대신에 조선간장이나 액젓 등으로 간을 했다. 되도록 채소, 과일 위주의 식단을 준비했고 아이가 단체 생활을 시작할 무렵에는 식단을 매번 확인해서 아이의 메인 반찬과 간식을 직접 만들어 보냈다. 모든 가공식품의 식품성분표를 분석하고 아이가 먹을 수 있는 것과 그렇지 않은 것을 구별하는 일에 필사적으로 되었다. 이런 노력에도 불구하고 아이가 말을 하지 못할 때는 기관에서 실수로 먹지 말아야 할 음식을 주어 급하게 병원에 가야 할 때도 있었다. 속상했지만 선생님을 원망하는 대신 아이가 스스로 자기 몸을 지킬 수 있도록 하려고 노력했다. 어떤 음식이 좋은 것인지 매일 알려 주고 먹을 수 있는 음식, 먹을 수 없는 음식을 구별할 수 있도록 했다. 지금까지도 식탁에서는 자신에게 좋은 음식을 선택하는 기준을 알려 주려고 한다.

   간혹 아이가 과자와 빵을 먹을 수 없다는 걸 안타까워하고 아이가 듣는 앞에서 그 마음을 표현해 주시는 분들이 있다. 그래서 매일 밥을 먹을 때마다 주문처럼 말해 준다. "우리 감동이는 매일 좋은 음식을 많이 먹어서 정말 건강해. 채소와 과일을 잘 먹어서 진짜 튼튼해."라고 말이다. 이 말을 들은 아이는 자신이 먹지 못하는 음식을 아쉬워하기보다 자신이 건강한 음식을 먹는 일에 자부심을 느낀다.

언제나 우리에겐 힘든 상황이 있고, 나만이 감당해야 하는 어려움이 있는 법이다. 이렇게 평범하지 않은 상황에서조차 부정적인 면 대신 긍정적인 면을 발견하도록 도와주는 것이 나의 역할이라고 생각한다. 어떤 상황에서라도 긍정적인 마음을 선택하는 아이는 자신을 불행하게 하지 않을 것이고, 자신이 할 수 있는 좋은 선택을 할 것이라고 믿는다.

아이에게 맛있는 빵을 경험하게 해 주고 싶어서 글루텐프리 비건 베이킹 책을 구매했다. 책을 쓴 사람은 밀가루 알레르기가 있어 고통받은 경험이 있었다. 글루텐을 먹을 수 없는 사람도 함께 즐길 수 있는 빵을 만들고 싶었다고 한다. 케이크를 함께 먹는 문화에서 소외되어야 하는 아픔을 경험을 통해 알고 있는 사람만 할 수 있는 생각이다. 이렇게 누군가는 고통에 머물러 있지만, 누군가는 자신과 같은 사람들을 위해 무언가를 할 수 있다. 내 아이도 같은 아픔을 겪는 이들에게 도움이 되는 사람이 되면 좋겠다.

감동이를 위해 다양한 채소를 요리하는 것은 물론 글루텐프리 음식들과 글루텐프리 비건 베이킹을 찾아가고 있다. 비건을 추구하는 이들 덕분에 아이가 먹을 수 있는 음식들이 많아지고 있어 행복하다. 그리고 아이의 식사 시간이 안전하도록 시간과 마음을 내어 주신 선생님들께 늘 감사하다.

엄마인 나는 감동이 덕분에 좋은 음식을 고르는 기준을 가지고 더 나은 선택을 할 수 있게 되었다. 아이를 지키기 위해 우리에게 맞는 최선의 식단을 추구해 가면서 지구를 위해서도 좀 더 좋은 선택을 해 보려고 한다. 완벽하진 않지만 많은 이들의 작은 용기는 언제나 필요하니까. 오늘도 소심한 채식주의자로 살아간다.

6

네 잎 클로버를 발견하려면

지금 사는 동네는 호수와 공원을 함께 누릴 수 있는 곳이다. 아이들은 매일 공원길을 걸으며 등교하고 사계절의 변화를 누린다. 주말이면 부부만의 시간으로 새벽 산책을 한다. 평소 직장생활을 하고 아이들을 키우느라 미뤄 두었던 우리만의 이야기를 나눈다. 산책을 마치면 이른 아침 문을 여는 카페를 찾아 함께 샌드위치도 나누어 먹고 때로는 책도 읽는다. 이 잠깐의 시간이 우리에게는 서로를 향해 온전히 관심을 가지는 소중한 시간이기도 하다.

긴 육아에 지치다 보니 어느 날부터인가 걷는 것조차 귀찮고 싫은 일이 되어 버렸다. 한때는 일곱 살, 다섯 살 아이들과 한라산 영실코스를 오를 정도로 산길이든, 언덕길이든 가리지 않고 도전적으로 걸었다. 유모차를 밀고 언덕길을 씩씩하게 오르내리는 일도 내가 좋아하던 일 중에 하나다. 그러나 삶이 늘 좋을 수만은 없다. 긴 육아의 굴레에서 우울감이 나를 집어삼킬 때면 집 밖으로 한 발짝 내미는 것에도 인색 해졌다. 걸으려는 의지가 없다면 그 누구도 나를 움직이도록 할 수 없음을 이때 깨달았다. 걷기에서 가장 중요한 것은 걸 어보려는 마음을 가지는 일, 그리고 실제로 한 걸음을 내딛 는 일이다.

때로는 호기심에 가벼운 발걸음으로
신이 나서 걷기도 하지만
때로는 평탄하고 지루한 길을
때로는 힘겹고 버겁게 느껴지는 언덕길을
때로는 포기하고 싶은 산길을 향해 걷는다.
목표를 향해 희망차고 전투적으로 걸을 때도 있고
주저앉아 한참을 쉬어야 할 때도 있다.
걷는 것과 인생이란 참 비슷한 면이 많은 것 같다.

태명을 감동이라고 지어서인지 막내 감동이는 걸으면서 세상 모든 것에 감탄한다. 함께 산책하면 길가에 난 풀도 관 찰하고 열매도 살펴봐야 하고 알고 있는 식물과 곤충에 관해 이야기하느라 바쁘다. 혼자서 10분이면 걸을 거리를 감동이 랑 걸으면 1시간은 걸린다. 아이가 유치원에서 하원하는 시 간은 첫째와 둘째 아이 학원 가기 전 저녁밥을 챙겨야 할 시 간이다. 나도 모르게 발걸음이 빨라지는데 그때마다 감동이 가 나를 부른다. "우와!! 엄마 여기 좀 봐 봐! 엄마 이것 좀 봐 봐!" 하며 나를 여러 번 멈춰 세운다. 마음을 다해 관찰하면 많은 것을 볼 수 있고 느낄 수 있는데, 삶에 떠밀려 늘 바쁘 게 산다. 나는 미처 보지 못했던 네 잎 클로버를 감동이는 벌 써 10개도 넘게 찾았다. 그렇게 찾은 것은 가족들에게도 주 고, 등원 길엔 선생님께도 드리고, 태권도에 갈 때면 관장님, 사범님께도 선물로 드린다.

이렇게 모든 것에 감탄하는 아이와 산책하는 일이 지금은 나에게 가장 소중한 일상 중의 하나이다. 나이가 들수록 삶 의 속도가 빨라지고 급히 걷느라 때로는 주위를 살펴보는 일 을 잊기도 한다. 감동이는 그런 내게 좀 천천히 걸으라고, 걷 는 과정 자체를 즐겨 보라고 말해 주는 것 같다.

"목적지는 저 먼 어딘가가 아니다. 그곳에 이르는 한 걸음 한 걸음이 목적지다."

「걷는 독서」, 박노해, 느린걸음

아이의 재촉에 잠시 발걸음을 멈추어 시간을 낸 그 날 초록의 네 잎 클로버가 보인다. 천천히 걷는 여유가 있어야 다양한 삶의 행운들을 누릴 수 있다는 생각이 든다.

어디로 가는지 모르게 발걸음이 빨라진다면 천천히 걸으며 한 걸음 한 걸음을 즐겨 보자. 아직 보이지 않는 목적지 어딘가에 도달하는 일도 중요하지만 지금 이 한 걸음을 옮기는 마음과 시간은 더 중요하다.

걷는 일은 매일 이루어진다. 하지만 걷는 순간의 기쁨을 매 순간 발견하지 않으면 어떤 길도 쉽게 갈 수 없다. 목적이 어디든 걷고 있는 지금을 즐겨야 한다. 그리고 멈추고 싶은 순간에도 한 걸음, 한 걸음을 옮기는 일이 결국 나를 어디론가 데려다줄 것이다.

7

싱그러운 청귤청을 담그며

2020년도 세 아이를 키우다 5년 만에 복직했다.

하필 코로나로 세상이 들썩거리던 때라서 사회적 거리 두기를 해야만 했다. 자발적 격리에 앞장섰다. 집에서 온라인 수업을 하는 두 아이도, 어린이집에 두고 나온 막내도, 학교에서 만나는 아이들도 걱정이 되었다. 걱정하는 만큼 매사에 조심하는 일에 에너지를 몽땅 써서 늘 에너지가 모자랐다. 외식 대신 매일 먹는 집밥은 어떻게 하면 잘 먹을 수 있을까를 고민하며 집밥 삼매경에 빠진 시기이기도 했다.

온라인 수업이라는 특수한 상황을 마주하고 대혼란을 겪었다. 그래도 복직한 학교생활에 잘 적응하려고 매일을 고군분투했었다. 그러던 어느 날, 형님에게 전화가 왔다. 아버님 얼굴이 자꾸 노래지고 어지러워하셔서 병원에서 검사했는데 혈액을 잘 만들지 못해 그렇다고 했다. 이야기를 들어 보니 아버님 건강에 심각한 문제가 있는 상황이었다.

　아버님은 유쾌한 성격으로 늘 주변을 편안하게 해 주시는 분이었다. 가족이 모일 때마다 아버님은 늘 자녀들 앞에서 어머님을 세워 주셨고 나는 그 모습이 참 인상적이었다. "우리 집안은 화목하고 우애가 좋다.", "너희들이 각자 자기 몫을 잘해 주어서 고맙다."라는 말은 아버님의 단골 멘트였다. "이 모든 행운과 행복 뒤에 엄마 덕분이니 엄마에게 고마운 마음 잊지 말라"는 말은 보너스로 늘 등장했다. 그런 아버님이 참 멋있다고 생각했다. 실제로도 남편의 형제들은 서로 우애가 좋은 편이다. 세심하게 자잘한 정을 주고받고 챙기는 것은 아니지만 서로에게 너그럽고 이해의 폭이 넓다. 그 모든 것이 가능해지려면 엄마의 역할이 얼마나 중요한지 아이를 키우면서 알게 되었다. 그렇지만 아버님의 입으로 듣는 어머님의 칭찬은 들을수록 내가 오히려 더 든든해졌다. 또 상황을 늘 긍정적으로 생각하시고 아내의 자리를 빛내 주시는 모습이 참 좋았고 남편에게서 그런 모습을 발견하면 모든 게 아버님 덕분인 것 같았다.

　또, 멋도 잘 챙길 줄 아는 분이셨다. 핑크빛의 가족 한복을 챙겨 입으시고 당신 팔순 잔치에 멋스럽게 춤을 추시던 모습이 아직도 생생하다. 유머 감각이 있으셔서 어딜 가든 아버님이 계시면 분위기가 따뜻해졌다. 결혼한 뒤 시부모님께서는 집에 오라고 강요하지 않았는데도 자주 내려갔었던 것은 아버님의 그런 사랑이 있어서였다. 우리가 가면 제일 맛있고 싱싱한 음식을 준비해 주시고 맛있게 잘 먹는 우리 가족을 보며 항상 행복해하셨다. 그뿐인가. 아이들은 또 얼마나 사랑해 주시는지. 언제든 가면 마음이 평온해지는 곳이 되었던 것은 어머님, 아버님 덕분이었다. 가진 것이 많아서가 아니라 그저 마음으로 자식을 사랑하는 일이 어떤 것인지 알 것 같다.

아이들을 위해 육아휴직을 했을 때는 시간적 여유가 있어 아이들과 열심히 시골집에 가서 추억을 쌓았다. 그런데 막내 아이를 낳고는 아이들 셋과 자주 내려가는 일이 쉽지 않았다. 게다가 코로나를 연로하신 부모님께 혹시 옮기지 않을까 싶어 늘 조심조심했는데 많이 못 뵌 그사이 아버님이 병이 나신 것이었다. 5년 만의 복직과 코로나라는 상황, 막내 아이가 어린 상황이라 자주 찾아뵙지 못한 것이 마음이 두고두고 아프다.

심장에 지병이 있으셨던 아버님은 치료 과정뿐만 아니라 그 과정에서 간호할 가족들을 걱정하셨다. 여러 병원에 문을 두드리며 치료 방향을 고민하던 사이 상황이 급격하게 나빠지셨다. 아버님은 치료 과정 자체가 죽음을 위한 과정이라고 생각하셨던 것 같다. 그래서인지 치료 대신 그 죽음을 묵묵히 받아들이셨다. 치료하지 않고 죽음을 선택하신 것이나 마찬가지이다. 나는 그 결정을 이해할 수 없으면서도 한편 아버님의 큰 뜻에 마음이 숙연해졌다. 그러나 치료가 아닌 죽음의 과정을 지켜보아야 하는 가족의 마음은 너무도 힘들기만 했다.

치료는 힘든 과정에서 아주 작은 희망이라도 떠올릴 수 있다. 그러나 치료하지 않으면 그 모든 과정이 죽음으로 가는 과정일 뿐이라는 점에서 절망이었다. 아버님은 온 가족이 모였을 때 마지막 당부를 하셨다. 아버님은 어머님을 잘 보살피고 형제간에 우애를 잃지 말 것을, 그리고 당신의 삶은 충분히 좋은 삶이었으니 너무 안타까워하지 말라고 말씀하셨다. 그게 마지막이라고 생각하지 못했는데, 결국은 그날이 마지막 가족 모임이 되었다.

아버님의 장례를 지내고 삼우제 전에 집으로 잠시 올라왔는데 집 앞에 유기농 초록 청귤이 와 있다. 아버님이 돌아가실 것을 생각하지도 못하고 주문해 두었던 것이 덩그러니 집 앞에 와 있는데 그제야 왈칵 눈물이 쏟아졌다. 왜 그랬는지 그냥 내버려두지 못하고 늦은 새벽까지 정성스럽게 청귤청을 담갔다.

초록색의 매력에 반해 해마다 여름이면 주문해서 담그는 청귤청을 볼 때마다 아버님을 보내드렸을 때의 슬픔이 떠오른다. 언제나 당신 삶을 재미있게 살 테니 행복한 시간을 많이 만들라고 말씀하시던 아버님이 그리워진다. 청귤청을 볼 때마다 우리 삶을 어떻게 하면 잘 살 수 있을지, 어떻게 하면 더 행복해질 수 있을지를 생각한다.

필로덴드론 플로리다 뷰티

크고 광택이 나는 독특한 모양의 잎을 가진 플로리다 뷰티는 진녹색
의 잎사귀가 매력적인 식물입니다. 새잎이 날 때는 연두색이었다가
점차 깊고 진한 초록색으로 변합니다. 무탈하기도 하고 쑥쑥 잘 자
라서 키우는 공간이 좁은 경우 줄기를 자주 잘라 주면 좋아요. 자른
줄기를 물에 담그면 금세 공간이 싱그러워져요.

오늘의 초록

8

초록을 채우기 위한 비움

식물로 온 집안을 가득 채우고 싶다는 욕심이 내 안에 있다. 밖에서 보는 식물들도 좋지만 실내에서 매일 마주하는 공간이 온통 초록으로 가득 차면 좋겠다. 늘 두리번거리며 어느 빈틈에 식물을 놓을 것인지 찾는 게 나의 일상이다. 그동안 식물을 집으로 들여오는 건 늘 꾸준하게 해왔다. 그만큼 죽어 나간 식물들도 많았기에 적당한 정도를 유지할 수 있었던 거다. 그런데 어느 순간부터는 식물을 사지 않아도 우리 집에 함께 사는 식물의 개수는 더 늘어갔다. 순전히 내가 식물을 잘 기를 수 있게 된 덕분이다. 식물을 번식하는 방법을 알게 된 후로는 줄기를 잘라 새로운 식물을 만들어 냈다. 그러나 식물의 수가 많아졌다는 건, 식물을 돌보는 일이 노동처럼 느껴지는 순간이 온다는 뜻이기도 했다.

워킹맘인 나는 일하는 중에는 집에 있는 시간이 많지 않았고 집에서도 또 일한다는 게 지치기도 했다. 그래서 급한 집 안일을 그때그때 상황에 따라 해치우며 살고 있다. 살아 있 는 식물들을 돌보기도 부족한 시간에 죽은 식물을 재빨리 치 워 주는 일은 늘 뒤로 밀리기 일쑤이다. 가끔 화분이 쓰러져 서 흙이 몽땅 쏟아진다면 어쩔 수 없이 청소하지만, 흙이 묻 어 있는 화분들은 베란다 창고 구석에 고이 쌓여 갔다.

중요한 것을 하기 위해서는 집안일을 어느 정도는 포기해 야 한다고 생각했다. 책을 읽고 글을 쓰고 싶은데, 이런 집안 일에 연연하다 보면 결국은 아무것도 해내지 못할 거라는 생 각이 들었다. 사실 처음에는 좋았다. 매일 책을 읽으며 집안 일에 관심을 덜어내니, 읽은 책들이 무섭게 쌓이고 끄적인 글들이 늘어났다. 역시 집안일보다 중요한 일에 집중해야 뭔 가를 이룰 수 있다는 생각이 나를 지배하기 시작했다. 그냥 이렇게 살아도 괜찮을 것 같았는데 그게 아니었다.

아이들에게서 먼저 변화가 왔다. 물건을 찾지 못하고, 산 만해졌다. 마치 깨진 유리창의 법칙처럼 한번 어질러져 있는 곳에 아무렇게나 물건을 가져다 쌓아두는 일이 늘어났다. 집

안에 먼지가 쌓이니 전에 없던 집 먼지, 집 진드기 알레르기가 아이들을 괴롭혔다. 비염을 달고 사니 아이들이 자주 아프고 아이들이 아플 때마다 체력과 에너지가 함께 소진되었다. 그러면 하고자 하던 모든 일에 브레이크가 걸렸다. 글을 쓰는 것도, 책을 읽는 것도, 직장에서 보람을 느끼는 것도, 내 아이들을 좋은 얼굴로 대하는 것에도 브레이크가 걸렸다.

분명 뭔가 더 중요한 것을 놓치고 있다는 막연한 생각이 선명해지기 시작했다.

『청소력』을 읽다가 내가 무엇을 놓쳤는지 알게 되었다. 이 책의 저자 마쓰다 미쓰히로는 우리가 적극적이고 긍정적인 사고를 하려고 할 때 더 속도가 나지 않는 이유는 마이너스 에너지라는 사이드 브레이크가 작동하기 때문이라고 말했다. 사이드 브레이크를 건 상태로 액셀을 밟으면 속도가 나지 않는 것처럼 청소하지 않은 집은 내가 더 성장하고 적극적으로 살아가는 것을 방해한다는 것이다.

이 책을 읽고 나서 육아휴직의 시작 목표를 '비움'으로 정하기로 했다.

아이들이 3월에 개학하자마자 매일 아침, 독서 대신 정리를 했다. 매일 50L 쓰레기봉투 1개씩을 가득 채워 버렸다. 혹시 몰라 놓아두었던 사용하지 않는 냄비와 프라이팬도 치우기로 했다. 풀지 않은 채 쌓여 있던 아이들의 철 지난 문제집과 교과서, 흙이 묻은 채로 아무렇게나 쌓여 있던 빈 화분들, 돌봄을 받지 못해 말라 버린 식물들, 오래 사용하지 않고 보관해 곰팡이가 난 분갈이 흙. 이렇게 어지럽고 정신없는 것들 속에서 부정적인 마음의 씨앗이 싹트고 있다는 사실을 알게 되었다. 하나씩 버릴수록, 생각과 감정이 가벼워졌다. 그렇게 정리 정돈을 해 놓으니 아이들도 매일 아침 이불 정리에 동참해 주고, 분리수거도 함께해 준다.

내가 되고 싶은 모습 안에 사랑받고, 인정받고 주목받고 싶은 욕망이 더해지면 무거운 내가 된다. 그러니 늘 마음을 비우는 일이 필요하다. 그러나 때로는 나를 무겁게 하는 것들이 진짜 내 마음인지 버려지지 않은 물건들 때문인지 생각해 볼 일이다. 만일 답을 모르겠다면 정리가 필요하다.

답답한 공기를 새로운 기운으로 바꾸어 주고, 불필요하고 부정적인 생각을 떠오르게 하는 물건을 버리고, 얼룩지고 더러워진 것들을 깨끗하게 닦아 내다 보면 어느 순간 좋은 것들을 채울 공간과 에너지가 생겨난다.

매일 책을 읽고 기록을 쌓아가던 일, 글을 쓰던 일이 느슨해지고 무기력해진 순간에, 비움은 새로운 에너지를 주었다. 육아휴직 1개월 만에 매일 환기하고 물건을 버리고 얼룩지고 더러워진 것들을 깨끗하게 닦아 내면서 내 마음이 평온을 되찾고 새로 시작할 힘을 얻었다. 매일 아침 아이들이 등교하기 전에 집 안을 청소하고 물걸레질을 마무리한다. 물론 매일 정리하는 습관은 쉽지 않아서, 자주 소홀해지기도 하지만 함께 정리하는 모임 덕분에 놀이처럼 즐겁게 해내고 있다.

정돈된 집안은 마음의 공간에 평화라는 선물을 가져다준다. 공간에 여유가 있어야 식물들이 더 아름답게 보인다. 식물들을 좋은 위치에 예쁘게 놓고 싶은 마음 때문에 오늘도 비우고 정리한다.

〈오늘의 초록〉

어디로 가는지 모르게 발걸음이 빨라진다면 천천히 걸으며 한 걸음 한 걸음을 즐겨 보자. 아직 보이지 않는 목적지 어딘가에 도달하는 일도 중요하지만 지금 이 한 걸음을 옮기는 마음과 시간이 더 중요하다.

힘껏 자라다

: 식물을 만나고
내 삶이 더 단단해졌다

1

내 마음이 초록이 될 때까지

내 머릿속에는 아주 작은 동맥류가 하나 자리 잡고 있다.

언제 터질지 모르는 시한폭탄 하나를 머릿속에 가지고 다니는 셈이다. 처음에 이 사실을 알았을 때는 언제 죽을지 모른다는 불안감과 끊임없이 싸워야 했다. 길을 걷고, 수업하고, 운전하고, 청소하고 아이를 돌보는 나의 모든 일상 안에서 갑자기 죽음을 맞이할 수도 있다고 생각했고 그 공포감에 일상생활을 잘해 나갈 수가 없었다. 아이 셋을 키우느라 미루어둔 나의 삶을 꺼내어 되돌아보았다. 하루하루가 아깝고 소중했다. 살아가는 동안 가장 외면하고 싶었던 죽음이라는 것을 가까이 마주하고 나서야 어떻게 하면 남은 나의 인생을 조금 더 잘 살 수 있을지 고민하게 되었다.

해마다 펼쳐보던 『미라클 모닝』 책에서 본 달라이 라마의 명언이 죽음을 가까이 마주한 나의 마음에 성큼성큼 걸어 들어오는 기분이었다.

"매일 아침 눈뜨며 생각하자. 오늘 아침 일어날 수 있으니 이 얼
마나 행운인가. 나는 살아 있고, 소중한 인생을 가졌으니 낭비하
지 않을 것이다."

뻔한 이야기라 생각하며 눈길도 주지 않았던 문장이 내게
새벽 기상이라는 보물을 선물해 주었다. 죽음이 눈앞에 있
다고 생각해도 내 삶은 흘러간다. 빠른 속도로. 아이들의 엄
마로, 교사로서의 삶도 흘러간다. 엄마나 교사라는 정체성
은 반드시 타인을 위해 내 마음과 시간을 내 주어야 한다는
점에서 그동안 나는 나에게 집중하는 삶 대신 아이들의 미래
를, 앞으로의 삶을 위한 준비로 더 많은 시간을 보냈다. 이제
는 나를 위한 무언가를 꼭 하고 싶었다. 왜 나에게 이런 일이
생겼는지 투정하고 싶은 마음을 뒤로하고 작은 것이라도 매
일 감동을 누리고 싶다는 마음이 간절해졌다.

매일 새벽 일어나 원망 대신 감사일기를 쓰기 시작했다.

아이들이 노트에 써 준 정성스러운 손 편지를 책상 앞에 붙여 놓으며 아이들을 가르치는 일을 한다는 것이 얼마나 행복한 일인지를 써 본다. 매일 아침 막내를 유치원에 등원시키고 아침 식사를 차리는 남편의 배려가 얼마나 고마운지도 남긴다. 지친 발걸음으로 퇴근하며 아이들 저녁밥을 걱정하는 데 우렁각시처럼 나타나 맛있는 음식을 준비하는 엄마의 따뜻한 밥상을 기록한다. 새벽의 깜깜한 하늘이 환하게 열리는 순간을 볼 수 있어 뭉클하고 울렁이는 마음에 관해 쓴다. 죽은 줄 알았던 식물이 되살아날 때 그 생명력을 느낄 수 있음을 기록한다. 잔소리하지 않아도 매주 뚜벅뚜벅 성당으로 향하는 아이들의 뒷모습을 보며 느끼는 감동을 쓴다. 매일 감사일기를 쓰니 감사할 거리가 매일 늘어났다. 나를 둘러싼 모든 것이 나를 배려하고 있음을, 내가 사랑받고 있음을 깨닫고 삶의 기적을 발견한다. 이렇게 불평하거나 자책하거나 후회하던 시간 대신 세상의 더 깊은 사랑을 발견하게 되면서 앞으로 한 발짝 나아갈 힘을 얻는다.

물론 이렇게 마음을 잘 다스리다가도 보이지 않는 동맥류에 대한 불안이 내게 불쑥 방문해 내 마음과 기분을 마구 흔들어 놓을 때가 있다. 그리고 이것은 내 마음에만 아니라 다른 이들에게도 쉽게 불안을 전달했다. 내가 불안해하고 초조해하고 두려워할 때 아이들의 마음에서도 같은 불안이 피어났다.

생각해 보면 나는 마음이 쉽게 물드는 사람이었다.

다른 이들의 화, 짜증, 미움, 슬픔, 고통에 쉽게 물이 들었다. 그러다 보니 내 마음은 자주 요동치고 때로는 그 힘이 너무 세져서 감당하기 힘들었다. 내 마음이 식물 앞에서 왜 이리 평화로워질까 생각해 보았다. 그건 식물은 부정적 감정을 표출하지 않기 때문이다. 식물에는 평화로운 초록빛 마음이 있다. 내게 소리치거나 짜증 부리거나 욕하지 않는다. 재촉하지도 않는다. 불안하게 하거나 화를 내지 않는다. 그저 자리를 지키며 자신이 할 수 있는 일을 해낸다. 그런 생명을 곁에 둔다는 것 자체가 나에게는 치유의 과정이었다.

아침에 눈을 뜨면 내가 키우는 식물들이 조용히 나를 부른다. 때로는 새로 피어나는 연두색 반짝이는 이파리로, 어느 날은 또 풀이 축 처져 있는 모습으로 나를 부른다. 가만히 가서 그 이파리의 무늬와 색깔과 흙을 살핀다. 최선을 다해 돌봐 주면 자신이 할 수 있는 한 성실하게 자라 준다. 물을 줄 때마다 잎이 새로 돋아나고 꽃을 피운다.

나에겐 오늘 하루가 소중하다.
삶을 가장 진솔하게 느낄 수 있는 때는 죽음을 마주했을 때라고 한다. 덕분에 그 어느 때보다 내 삶에 충실하게 살아가고 있으니 얼마나 감사한 일인가. 내 마음이 초록이 될 때까지 내 삶에 더 감사하고 매일 식물 기르는 일상을 더 다정하게 챙기기로 했다.

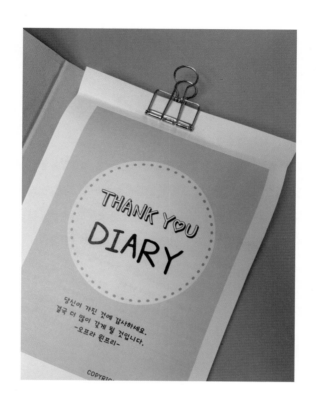

THANK YOU
DIARY

당신이 가진 것에 감사하세요.
결국 더 많이 갖게 될 것입니다.
-오프라 윈프리-

COPYRIC

오늘의 초록

2

진정한 쉼은 초록의 다른 말

나는 세 아이의 엄마이면서 일을 하는 사람이다.

교사라는 직업이 주는 어려움도 물론 있지만, 내가 진짜 힘든 것은 세 아이의 엄마이자 주부이자 워킹맘이라는 사실이다. 나에게 쉰다는 것은 어느 순간 사치가 되었다. 내 몸이 아플 때조차도 타이레놀 한 알을 집어삼키며 아이를 돌보고 밥을 해야 했으며 꾸역꾸역 출근했다. 멈추려고 해도 멈출 수가 없는 것이 엄마의 역할이기에 일과 엄마, 주부의 역할 사이에서 나는 늘 분주했다. 생각해 보면 쉰다고 생각한 모든 시간 안에서 나는 엄마와 주부의 역할을 멈추지 않고 사이사이 해 왔다.

어느 유난히 분주했던 일요일이었다.

이른 아침 일어나서 아이들을 위해 아침밥을 준비했다. 간단하게 먹었다고 생각했는데 산더미처럼 쌓여 있는 그릇들을 마주한다. 습기와 더위로 땀 냄새가 밴 아이들의 이불, 우리 부부의 이불을 온종일 세탁기에 넣고 건조기에 돌리고를 반복한다. 에어컨을 켜려고 하니 책장 위의 먼지들이 거슬려서 책장 정리를 시작했다.

아이들이 자라서 이젠 읽지 않는 전집들을 따로 모아 권수별로 정리를 하고, 아이가 산더미처럼 쌓아 놓은 책들을 종류별로 분류해 책꽂이에 꽂는다. 책장과 침대 밑의 먼지를 닦는다. 베란다에 나가보니 바짝 말라 버린 식물들이 눈에 띈다. 생명을 다해 더는 나와 함께할 수 없는 식물들을 정리하고 흙을 치운다. 그리고는 베란다의 오래된 식물 선반과 바닥을 들어내고 물청소를 한다. 저녁이 되니 힘들다는 소리가 저절로 나왔다.

오랜 시간 공부하고 일하느라 살림은 영 꽝이었다. 내게 살림은 도저히 잘 해낼 수 없는 미지의 영역 같았다. 집안일을 오래 하는 것이 사치처럼 느껴지기도 했고 아무리 해도 흔적이 사라지는 일에 시간을 쓰는 일이 아까웠다. 그러나 지금은 아이를 키우고 살면서 가장 잘하고 싶은 영역이 살림을 잘 꾸리는 일이다. 엄마에게 어떻게 하면 이렇게 깔끔하게 부엌을 정리할 수 있는지 물어보니, 엄마는 설거지하면서 발로 바닥을 닦는 방법을 알려 주었다. 수많은 시간 동안 엄마는 매 순간을 이렇게 밀도 있는 노동을 하며 살아온 걸까. 설거지 하나만 잘하기도 힘든데 동시에 발로 바닥을 닦으며 살아온 엄마가 존경스럽다. 그리고 한편 마음이 뜨거워지기도 한다.

가끔은 지금의 나도 엄마의 모습과 비슷하다는 생각이 든다. 설거지하면서 동시에 발로 바닥을 닦아 내는 엄마처럼 살아간다. 어느 하루 빈틈도, 쉬는 시간도 없는 와중에 매일 새벽 일어난다. 매일 새벽 일어나 책을 읽고, 읽은 것들을 기록하고 누구도 보지 않는 나만의 글을 모닝 페이지에 써 내려간다. 아침에 몸을 움직이며 목마른 식물들이 없는지 확인하고 화장실을 오가는 길에 물을 주며 마른 잎들을 정리한다.

나는 도무지 쉴 줄 모르는 사람인가. 바쁜 일과 사이에 괜스레 또 다른 일들을 보태서 하는 미련한 사람일까? 어느 순간 나는 매일의 이 시간이 나의 쉼이라고 생각하게 되었다.

나에게는 진짜 나를 마주하고 나에게 온전히 집중하는 이 시간이 진정한 휴식이었다.

언젠가는 아이들이 모두 자라 내가 필요하지 않을 때가 올 것이다. 그때 누리는 그 많은 시간과 지금 나의 아침 시간과 무게가 똑같을 것이라는 생각은 들지 않는다. 20대에 나는 시간은 많았지만 할 일 없이 뒹굴어도 잘 쉬었다고 생각하지는 않았다. 나를 좋은 에너지로 채우기 위해서는 고요한 시간을 찾아 틈틈이 쉬는 일이 중요하다. 아무것도 하지 않는 많은 시간이 아니라 짧은 시간이라도 나 자신을 채워 주는 좋은 일을 의식적으로 하는 것. 그것이 진짜 쉼이라고 결론 지어 본다.

진짜 쉰다는 것은 어쩌면 내 삶의 중요한 것들에 집중하면서 사이사이 가지는 작은 틈새 같은 것이 아닐까? 중요한 일을 충분히 집중해서 해낸 후에 잠시 틈을 내어 만나는 저녁노을 같은 것, 잠시 짬을 내어 책 속에 코를 파묻는 몰입의 순간, 바삐 걸어가다가 잠시 고개를 들어 구름을 바라보며 감탄하는 일 같은 것들 말이다.

몬스테라

마음에 휴식이 필요하다면 불쑥 커다란 잎을 선물하는 몬스테라가
곁에 있으면 좋아요. 묵직하고 듬직한 초록색이 조용히 나를 다독여
줍니다. 새로 나는 연두색 잎은 참기름을 바른 듯 반짝여서 강인한
생명력을 느낄 수 있어요. 커다란 잎의 구멍 사이로 들어오는 햇살은
비타민을 복용한 듯 에너지를 줍니다.

3

쓰면 쓸수록 마음은 초록이 된다

어린 시절의 나는 엄마와 사이가 무척 좋은 편이었다.

엄마 역시 딸과 사이좋은 엄마라는 타이틀을 무척 좋아했다. 사람들은 우리 둘이 함께 팔짱을 끼고 외출을 하면 한결같이 자매 같다고 말했다. 그럴 때마다 엄마의 기뻐하는 모습을 보는 일은 내 삶의 중요한 원동력이 되었다.

아빠가 우리를 떠나고 난 뒤 엄마는 아빠의 빈자리를 부지런함으로 채웠다. 일하면서도 매일 새벽에 일어났고 갓 지은 밥으로 아침을 차리고 도시락을 쌌다. 엄마는 항상 최선을 다했고 나를 사랑하지 않는다고 느껴 본 적이 없었다. 엄마는 어린 시절부터 부모님이 계시지만 가장 역할을 하는 것에 익숙한 사람이었다. 동생을 돌보고 경제적인 가장의 역할까지 도맡아 하며 착한 딸로 살아왔다. 엄마는 이런 희생과 노력을 당연하게 생각하는 것 같았다. 그런 엄마에게 자랑스러운 딸이 되고 싶었다. 엄마가 자신의 역할에 최선을 다한 것처럼 내 상황 안에서 나는 최선을 다해 공부하고 내 역할에 충실하게 살아가려고 노력했다. 누가 봐도 우리는 사이좋은 모녀였다.

엄마와의 관계에서 문제를 발견한 것은 내가 결혼을 하면서부터였다. 내 결혼의 모든 것을 엄마가 하고 싶은 대로 결정하려는 것처럼 느껴졌다. 내가 정할 수 있는 것에 결정권을 주기보다는 엄마가 좋은 것을 다 마련해서 주려고 했다. 지금에 와서 생각하니 엄마에겐 그게 엄마만의 사랑 표현이었다. 하나밖에 없는 딸을 결혼시키는 일인데 인생의 선배로 엄마가 보기에 좋은 것을 권할 수 있다고 생각한다. 하지만 진짜 문제는 나였다. 엄마가 마음대로 결정하려는 것에 내가 스스로 하겠다고, 이런 것은 내가 알아보겠다고 말을 하지 못했다. 뭐랄까. 엄마의 기쁨을 빼앗는 것 같았고 그래서 엄마의 기분에 맞추려고 했다. 이런저런 고민을 했지만 늘 마지막엔 엄마의 뜻을 거스르지 않았고 엄마의 말을 따랐다. 그리고는 엄마 말을 듣는 일이 더 좋은 것이고 더 잘한 일이라고 나를 다독였다.

그렇게 생각하고 나니 모든 것이 괜찮은 듯 평화롭게 해결되는 것처럼 보였다. 그러나 하고 싶은 말을 제대로 못 하는 것은 엄마와 나의 관계를 점점 더 멀어지게 할 뿐이었다. 사람은 자율성을 가질 때 비로소 행복할 수 있다고 한다. 그 시절의 나는 맘껏 행복하지 못했던 것 같다. 특히 아이들 육아에 있어서 내 의견을 솔직하게 말하는 상황은 매번 불편한 분위기로 이어졌다. 그러다 보니 모든 갈등의 순간에 내 마음을 자꾸 숨기게 되었다. 내 마음을 솔직하게 말하지 못한 것은 우리가 서로 다른 곳을 보고 이야기하는 일과도 같았다. 꾹 참았다가 뒤돌아서면 언제나 속상함과 억울한 마음이 들었다. 그런 일들이 내 마음에 검은 구름을 가져다주었고 틈만 나면 천둥과 번개를 만들어 냈다.

내 마음에 천둥과 번개와 요란한 비가 내리칠 때면 난 그 마음이 뭔지 몰라 블로그에 비밀글을 썼다. 〈치유하는 글쓰기〉라는 폴더를 만들어 놓고 틈만 나면 마음을 두드렸다. 뭔지 모를 후련함이 느껴지면서 마음이 편안해졌다. 그러면서 서툴지만 조금씩 나만의 답을 찾아갔던 것 같다.

그때 글을 쓰면서 내가 찾은 방법은 거리 두기였다.

아무리 사랑하는 가족이지만 일정한 거리를 두면서 내 마음을 먼저 챙겨야 한다. 가족일수록 나와의 거리가 너무 가까워서 때로는 하나라고 느낄 때가 있었다. 그러니 일정한 거리를 유지하는 일이 쉽지 않았다. 그러나 서로의 거리를 존중할 때 우린 더욱 사랑할 수 있다. 거리를 두는 것이 혼자인 엄마를 밀어내는 일이 아니라 서로를 진짜 사랑하는 방법임을 알게 되었다.

책을 읽고 마음을 공부하고 내 마음을 돌보는 일은 다양한 관계에서 한 걸음 떨어져 상황을 객관적으로 바라볼 수 있게 해 준다. 매일 조금씩 글을 쓰면서 내 삶을 내 의지대로 사는 방법을 연습했다. 지금에서야 내 생각을 말하는 일이 편안해지기 시작했다. 생각해 보니 그때의 나는 아직 다 자라지 않은 아이와도 같았고 엄마도 어린 딸을 키우듯 나를 돌보는 일을 멈출 줄 몰랐다. 언제까지나 보호해 주고 돌봐 주어야 할 어린아이로 나를 대했다.

청소년 소설인 『페인트』에서는 자녀가 오롯이 자신의 모습

으로 살아가는 걸 배신이 아니라 기쁨으로 여기는 것이 바로
진정한 독립이라고 말한다. 어쩌면, 엄마도 나로부터 독립
하는 일이 힘들었던 것은 아닐까. 엄마에게도 헌신이나 희생
대신 엄마의 삶을 자신의 것으로 채워 나갈 시간이 필요했을
지 모른다. 딸에게서 독립해서 엄마 자신으로 살아가는 연습
을 할 충분한 시간 말이다. 자식을 위한 시간 대신 오직 엄마
자신을 위한 시간을 선물하고 싶다고 생각했다. 엄마가 칠순
즈음이던 때, 엄마에게 바리스타 자격증을 추천했다. 바리스
타 과정을 공부할지 말지 고민할 때 곁에서 할 수 있도록 적
극적으로 응원한 것도 내 몫이었다. 늦은 나이에 바리스타
자격증을 따고, 더 멋진 카페라테를 만들고 싶어서 라테아트
를 배우는 엄마가 자랑스럽다. 소소하게 카페에서 커피를 내
리며 같은 취미를 공유한 사람들과 소통하면서 인생의 한 페
이지를 향기롭게 장식하고 있는 엄마를 언제까지나 응원하
고 싶다.

　더불어 엄마가 내게 해 준 모든 것은 결국 사랑이었다는
것을 이제는 안다. 그 사랑이 보이지 않게 내 마음 구석구석
에 숨어서 나를 조금 더 나은 사람으로 살게 해 주었다는 것

도. 그리고 내가 엄마에게 했던 서툰 표현도 결국은 사랑하는 마음을 전달하기 위해 노력한 과정이었음을. 그게 옳은 방향으로 나아가기 위한 시간이 좀 더 필요한 것이었을 뿐 우리의 사랑은 언제나 서로를 향해 있었다.

이렇게 글을 쓰는 일은 내 삶을 자연스럽게 정돈해 주는 마음 정리 전문가였다. 글을 쓰다 보면 나에게 주어진 여러 어려움과 그 해결 방법을 자연히 알게 되었다. 상처, 고민, 갈등, 속상함, 억울함, 불안, 우울 같은 마음들은 꺼내어 쓸수록 초록이 된다.

4

공유하고 소통하며 자란다

책을 읽고 작은 기록들을 블로그에 끄적이기 시작했다. 블로그에 글을 쓴 것은 꽤 오래전부터였으나 꾸준하지는 않았고 늘 타인에게 마음을 드러내는 일은 나에게 어려웠다. 게다가 지극히 아날로그적인 인간이라 블로그로 모르는 사람들과 소통하는 일에 도무지 익숙하지 않았다. 싸이월드 미니홈피나 카카오스토리에 글을 올리기는 했지만 모두 내 지인들의 범위 안에서였다. 낯선 사람에게 나를 드러내는 일은 좋아하지도 즐기지도 않았다. 그래서 나의 블로그는 가끔 들러 힘든 마음을 털어놓는, 아무도 찾지 않는 일기장일 뿐이었다.

어느 순간 책을 읽은 양이 늘어나면서 푸념 같은 일기 대신 읽은 것과 그에 관한 생각들을 기록하고 싶어졌다. 새벽 기상을 하고, 블로그에 그날 읽은 책을 매일 조금씩 기록하기 시작했다. 책을 읽으며 자주 드는 의문은 "나는 왜 타인에게 마음을 드러내는 일을 불편해할까?"였다. 그동안은 그저 경계가 강한 사람이라서 누군가 나의 영역에 깊이 들어오는 일이 불편하다고 생각했다. 그러나 책을 읽을수록 진짜 내 마음이 더욱더 궁금해졌다. 진짜 내 마음을 알기 위해 다시 책을 집어 들었다.

나는 왜 이런 상황에 화가 났을까.

나는 왜 이런 상황이 불편할까.

나는 왜 나에 대해 편하게 이야기하지 못할까.

나는 왜 계속 그 상황을 떠올리며 아쉬워하고 있을까.

나는 왜 앞으로 나아가지 않고 있을까.

마흔이 넘도록 나에 대해 질문하지 않았다는 사실이 오히려 놀라웠다. 로빈 노어우드는 인생에서 가장 시급한 일은 바로 자기 자신을 되찾는 것이라고 말했는데, 나는 내가 어떤 사람인지 아직도 모르는 채 마흔을 넘기고 있었다.

『아티스트 웨이』를 읽고 나 자신을 되찾기 위해 한 달에 한

번 내 마음이 기쁜 일을 하기로 했다. 그리고 모닝 페이지를 썼다. 모닝 페이지란 아침에 일어나 의식의 흐름의 흐름을 세 쪽 정도 적어나가는 것이다. 여기에는 어떤 내용이라도 적을 수 있다는 점이 좋았다. 누구에게도 보여 주지 않을 노트이기 때문이다. 내 행동 뒤에 숨겨져 있던 다양한 감정들, 아팠던 내 마음과 상처들을 쓰면서 알게 되었다. 손으로 꾹꾹 눌러 모닝 페이지를 쓸수록 내 마음과 더 친해지는 느낌이 들었다. 남을 의식하지 않는 글을 써 나가다 보니 어느 순간 자연스럽게 나에 관한 생각들도 밖으로 조금씩 꺼낼 수 있게 되었다.

기록하고 뭔가를 쓰고 싶다는 마음은 글을 쓰는 사람들, 책을 읽는 사람들과 함께하고 싶다는 마음으로 이어졌다. 마음으로 간절히 바라면 이루어진다는 끌어당김의 법칙이 진짜 있을까? 그런 것들은 없다고 단호하게 말하던 나였는데 그 생각에 조금씩 균열이 생겼다. 매일 아침 블로그에 모닝 페이지를 조금씩 써 나가게 되면서 점점 글을 쓰는 사람들과 함께하는 시간이 많아졌고 어느 순간 둘러보니 내 주변에는 글을 쓰는 사람들이 가득했다.

얼마 전 박완서 선생님의 『모래알만 한 진실이라도』라는 책에서 지금 내 마음에 딱 와닿는 에피소드를 발견했다. 선생님이 하루는 산에서 열쇠를 잃어버렸다. 하지만 아무리 찾아도 열쇠는 찾을 수가 없었다. 매일 발밑을 살펴도 찾지 못하던 어느 날 그렇게 찾던 열쇠가 자신의 눈높이에 맞는 나무의 가지에 걸려 있음을 알게 된다. 그러면서 길은 사람의 다리가 낸 길이기도 하지만 마음이 낸 길이기도 하다고 말한다.

마음이 낸 길이라는 말을 꽤 오랜 시간 마음에 담아 두었고 그 문장에 내 생각이 오래 머물렀다. 나 혼자 걷는 것 같지만 누군가 낸 길, 누군가는 함께 걷는 길, 그래서 막히지 않고 온전히 존재하는 길에 대해 생각해 보게 되었다. 내가 지금 걷고 있는 길, 함께 나누고 성장하고 글을 쓰는 사람들과 함께하는 길이 떠올랐고 나도 나름의 결론을 내려 본다.

읽고 기록하고 성장하고 싶어 걷기 시작한 이 길은 나 혼자만의 길이 아니었다. 지금 나는 누군가의 마음, 나와 같은 마음을 먼저 가진 사람이 낸 길 위에 서 있다는 생각이 든다. 아주 친절한 사람들과 이 길을 공유하고 있다. 혼자 걷고 있지만 누군가와 소통하

고 있다는 믿음 때문에 이 길 위에서의 마음은 평온하고 때론 즐겁다. 나도 먼저 발길을 내어 주고 꾸준히 걸어서 이 길을 탄탄하게 만들어야지.

누군가에게 또 다른 길이 되어주는 사람이면 좋겠다. 이 친절한 사람들과 공유한 길 끝에 무엇이 있을지 기대되고 궁금하다. 그러면서도 한편, 마냥 길 끝을 기대하기보다 지금, 이 순간 내가 서 있는 길을 즐겨보겠다고 마음을 먹는다. 자잘한 환대와 연대를 매일 공유하고 그걸 온전히 느끼는 일은 그 길을 걷는 매 순간을 더 가슴 뛰게 해 줄 것이다.

칼랑코에

식물을 선물하는 일은 때로 조심스러워요. 소중한 사람들에게 가벼운 마음으로 선물하기 좋은 식물로 설렘이라는 꽃말을 가진 칼랑코에를 추천해요. 1년 내내 꽃이 피는 다육식물로 물주기에 민감하지 않아 누구에게나 식물을 키워볼 용기를 준답니다. 개량종인 퀸로즈는 꽃이 한 다발의 장미꽃 같아 더 아름다워요.

5

사랑하는 모든 것을 기록하는 시간

"무엇을 기록해야 하냐고요? 지금 사랑하고 있는 것들을 기록
하세요."

— 김신지, 『기록하기로 했습니다』, 휴머니스트

　김신지 작가님의 책을 읽다가 머리를 쿵 맞은 듯한 글귀를
만났다. 초록 식물만큼이나 내 마음에 평화와 평온을 가져다
주는 일은 카페라테 한잔과 함께하는 책 읽기다. 본격적으로
독서를 시작한 지 3년 정도 되니 기록에 대한 열정이 샘 솟았
다. 어느 정도 나에게 쌓인 것들이 있으니 나도 모르게 표현
하고 싶고 꺼내고 싶은 마음이 생기기 시작했다.

　그렇게 기록에 대한 갈증이 생겼던 어느 날 이 책을 읽고
나의 기록 역사를 가만히 되돌아보았다.

초등학교 시절 그림 그리는 것을 좋아했던 나는 연습장을 들고 다니며 캐릭터를 그렸다. 주로 순정 만화의 여주인공 캐릭터였는데 각 캐릭터의 특징을 그림 옆에 깨알같이 적었더랬다. 친구들에게 반응이 좋아서 원하는 친구들에게 내 그림과 글을 나눠 주었다. 그때 내가 했던 기록은 내가 좋아하는 것과 취미에 대한 기록이었다.

초등학교를 졸업할 무렵부터 중학생이 되어서는 영화를 보기 시작했다. 당시에 재미나게 보았던 영화로는 〈있잖아요, 비밀이에요〉가 있다. 교생 선생님과 학생의 사랑, 시한부 여주인공이라는 설정이라니. 지금 생각하면 유치하기 짝이 없지만, 최수종과 하희라의 케미 만큼은 완벽했다. 그 영화를 함께 보며 취향이 같음을 알게 되었던 같은 반 친구와 영화 시나리오를 써 보자고 약속했다. 각자 노트에 글을 몇 장씩 써서 바꾸어 읽고 서로의 글에 응원을 남겼다.

고등학생이 되면서 기록은 오로지 다이어리에 집중된다.
문구류의 성지였던 아트박스를 드나들며 좋아하는 펜, 다이어리 꾸미기 용품, 스티커, 스티커 사진에 내 용돈의 대부분을 사용했다. 하루는 엄마가 고등학교 때 썼던 다이어리를 정리해 달라고 꺼내왔다. 추억의 다이어리를 열어 보니 매일 그날의 일정과 기분을 기록해 두었던 그 시절의 내가 있었다. 류시화 시인, 황동규 시인의 시를 좋아했던 모양이다. 깨알 같은 손 글씨로 다이어리 구석구석에 빼곡히 적혀 있던 시를 통해 필사하는 것을 좋아했던 그 시절의 나를 다시 만날 수 있었다.

역시 기록은 힘이 세다.

엄마가 꺼낸 커다란 가방에는 학창 시절 친구들과 주고받은 편지도 한 자루 가득했다. 한때는 취미가 편지 쓰기였다. 방학 때 친구들과 주고받은 편지, 틈틈이 방과 후 모의 작당을 위해 주고받은 쪽지, 군대에 간 동기들에게 받은 편지들까지. 커다란 가방에 차곡차곡 담아 놓은 편지 덕분에 과거로의 여행을 해 볼 수 있었다. 세 아이를 낳고 기르는 동안 잊고 살았던 수많은 추억이 다시 찾아왔다.

대학생이 되어서는 싸이월드도 열심히 했다. 얼마 전 싸이월드를 다시 찾아보았다. 친구들과의 추억, 임용고시에 떨어지고 합격하기까지의 시간, 나의 좌충우돌 교사 생활과 첫 학교에서의 추억들, 남편과의 연애 시절, 결혼 후 둘째 아이를 낳기 전까지의 추억이 그곳에 고스란히 남아 있었다.

둘째 아이를 낳은 후엔 블로그에 마주 이야기, 일상 이야기, 치유하는 글쓰기, 엄마표 미술 이야기까지 써 가며 어떻게든 기록하는 이로 살아 보고자 했다. 그러나 두 아이 육아와 일을 병행하며 어느 순간부터는 육아 일기조차도 뜸해졌다. 흘러가는 일상을 기록하기에 나의 삶이 너무 빠르게 지나갔다. 본격적으로 언제부터 기록을 소홀하게 했는지 모르겠지만 아마도 첫째 아이의 일기를 도와주던 순간부터였던 것 같다. 내 글 대신 아이의 일기로 하루를 기록하며 기쁨을 느끼려고 했던 것 같다.

우연히 만난 문장으로 나를 다시 기록하고 싶다는 열망이 생겼다.

내가 지금 사랑하는 모든 것들에 대한 기록.
나의 사랑하는 엄마를, 매일 자라는 아이들의 말과 생각을, 우리

가족의 복잡다단한 일상을, 날마다 노력하는 나를, 내가 읽는 것들을, 매일 변화하며 자라나는 나의 초록과 그걸 지켜보는 내 마음을, 그리고 닮아가고 싶은 것들에 대해 기록하고 싶다.

6

워킹맘의 슬기로운 독서 생활

혼자서 무얼 하는 것에 익숙하지 않은 편이다. 보기보다 MBTI가 E인 나는 촌스럽게도 혼자서 먹는 밥, 혼자서 마시는 차, 혼자서 보는 영화, 혼자서 하는 여행 같은 것들이 아직도 참 익숙해지지 않는다. 이런 내가 혼자여도 괜찮은 일이 바로 도서관에서 책을 읽는 일이다. 책이란 것이 누가 대신 읽어 줄 수 없으니 어쨌든 스스로 읽어야 하기 때문이다. 이렇게 혼자서도 잘 읽을 수 있는 책이지만 나는 또 읽으면 읽을수록 여럿이 함께 읽는 책이 더 좋다는 결론을 내리게 된다.

책을 읽는 양이 많아질수록 좀 더 어려운 책에 도전하게 되었다. 어려운 책은 혼자서 읽기가 쉽지 않다. 그래서 주로 함께 읽었다. 함께 읽다 보면 서로의 다양한 생각을 나눌 수 있으니 같은 책을 읽어도 생각이 더 깊어지는 것 같다. 그리고 함께한 이들의 다양한 시각을 경험할 수 있고 덕분에 다양한 질문을 품게 되는 점은 함께 읽기의 또 다른 매력이다.

틈틈이 독서를 하던 와중에 『월든』, 『코스모스』, 『총 균 쇠』, 『질서 너머』, 『월든』, 『걷기의 인문학』, 『내면 소통』 같은 벽돌 책들을 읽었다. '읽었다'라고 쓰고 '구경했다'라고 해야 할까. 그 의미를 깊이 있게 정독했다고 말할 자신은 없다. 하지만 그런 책들을 읽는 과정에서 내가 조금씩 자랐다.

벽돌 책이라 불리는 것들은 나의 도전 정신으로 선택된 것도 있지만 주로 모임에서 함께 읽자고 권유받은 책이기도 했다. 자발성이 살짝 부족한 상태에서 책을 읽게 된다. 그 느낌은 아무리 읽어도 도달할 수 없을 것 같은 좌절감, 어떻게 읽어야 할지 모르겠다는 당혹감, 내가 무지하다는 것을 마주하는 슬픔 같은 것이었다. 시작은 그랬지만 그래도 끝은 이랬다. 이렇게 두꺼운 책을 읽는 데서 오는 성취감, 못 읽을 책은 이 세상 어디에도 없을 것만 같은 자신감, 꾸준히 하고 있다는 생각에서 오는 자존감, 좋아하는 것만 하지 않고 다양한 것을 접하는 데서 오는 균형감 같은 거였다. 이 모든 것은 내게 행복감을 주었고 생각은 좀 더 다양해졌으며 어떤 책도 무서워하지 않는 용기가 샘솟았다.

식물에 물을 주면 화분 밑으로 물이 다시 흘러나온다. 그래도 식물들은 물을 줄 때마다 쑥쑥 자란다. 책을 읽을 때면 나도 물 먹을 때마다 자라는 식물 같은 기분이 된다. 책을 읽어도 내용이 전혀 기억이 나지 않는 순간 좌절하기도 했지만, 읽을 때마다 내가 조금씩 자라났다. 그 느낌이 좋았다. 일하면서도 육아를 하면서도 틈틈이 읽으니 한 달에 10권 이상의 책을 읽게 되었다. 1년 동안 차곡차곡 쌓이니 어느덧 1년에 150권 이상의 책을 읽을 수 있었다.

책을 꾸준히 읽기 위해서는 틈틈이 걷는 것처럼 읽어야 한다. 걷는 것처럼 책을 읽기 위해서는 책을 읽는 공간도 중요하다. 어느 곳에서나 공간에 대한 사랑을 느끼기 위해 노력하는 편이다. 내가 책을 읽는 공간은 주로 주방 식탁 구석에 있는 자그마한 나의 공간이다. 나의 공간을 가지고 싶은 열망도 사실 책을 읽기 시작하면서 시작되었다. 아이들에게 침범당하는 일상이 당연한 상황에서 내 공간에 대한 열망은 어쩌면 내 시간이 필요하다는 의미이기도 했다. 나 혼자만의 시간이 간절해질수록 내 공간에 대한 로망은 점점 커졌다. 그러나 방 세 개 다섯 식구가 모여 사는 삶 안에서 나의 공간을 만들기가 쉽지 않았다. 여러 시행착오를 거쳐 식탁 옆 구석에 마련한 내 공간은 밥을 먹을 때마다 치워져야 했고 가족이 모이는 순간마다 쉽게 방해받기 일쑤였다. 그래도 매일 저녁 잠들기 전 이 공간을 다듬는다. 다음 날 새벽 나를 위해 테이블 위를 깨끗이 치우고 새벽에 마주할 식탁 옆 식물을 보살피고 노트와 펜, 독서대를 준비한다. 내 시간을 지키기 위한 나만의 리추얼이다.

버지니아 울프는 여자가 글을 쓰기 위해서는 돈과 자기만의 방이 있어야 한다고 말했다. 나는 매달 월급을 받고 있으니 자기만의 방만 있으면 되는 거였다. 나에게 이 공간은 어찌 보면 나로 성장하기 위한 시간과도 같았다. 가족들에게는 쉼의 공간이었지만 나에게는 제2의 일터가 되기도 하는 집. 내게 주어진 짧은 아침 시간이기에 반드시 나를 위해 의미 있는 일을 하고 싶었다. 그건 바로 책을 읽고 글을 쓰는 일이었다.

자주 침범되는 공간을 지키고 싶어 같은 자리에서 매일 글을 읽고, 기록들을 남기고, 나의 시간을 가진다. 그곳에서 만들어 내는 것들이 어떤 가치를 가지게 되기를 소망하면서. 그 가치로 인해 내 공간에 대한 나의 소유권이 당연해지기를. 그곳이 나의 자리이자 내 시간에 몰입할 시간임을 공언하기 위해 기르는 식물들을 놓아두고 나의 물건들을 채워 놓는다.

매번 치워질지라도.

무늬 푸밀라

푸밀라는 잎이 작은 덩굴성 고무나무입니다. 잎 주변의 하얀색 무늬가 매력적이에요. 푸르고 싱그러운 느낌 때문에 기분이 좋아져서 저는 늘 독서 하는 장소에 놓아둡니다. 가급적 흙이 마르지 않게 물을 잘 주어야 해요. 책상에 앉을 때마다 루틴처럼 흙을 한번 살피고 물을 주면 말리지 않고 잘 키울 수 있어요.

먼저 자신을 사랑하기를
그다음엔 그걸 얹어
그다음엔 세상을 사랑하는 거지

오늘의 초록

7

일상을 작은 즐거움으로 채우는 시간

첫째와 둘째 아이가 4살, 6살이던 때였다. 육아에 지친 내게 남편이 어느 날 제안을 했다. 하루 나가서 혼자만의 시간을 가지고 오는 게 어떻겠냐고. 아이들을 두고 나가려니 마음이 편하지 않았지만, 모처럼 용기를 내어 지인들과 즐겁게 지내고 기분 좋게 집으로 돌아왔다. 그런데 가벼운 발걸음으로 돌아온 집은 쉴 곳이 아니고 생생한 삶의 현장이었다. 노는 동안은 자유롭고 행복한 기분에 날아갈 것 같았다. 하지만 자유를 누리고 돌아오니 여전히 내 삶의 과제들이 나를 기다리고 있었다. 내가 없는 동안 혼자서 육아를 맡아 준 남편은 "별로 힘들지 않았다."라고 말했다. 평소에도 긍정이 넘치는 남편은 정말 힘들지 않아 보였다. 대신 나는 폭탄 맞은 집안과 방치되어 있던 아이들 덕분에 쓴맛을 경험했다. 자유라는 달콤한 사탕을 먼저 먹고 쓴 약을 먹는 기분이었다.

그런 몇 번의 일을 경험하고 나서는 내 삶에서 벗어나려는 대신 주어진 시간 안에서 행복을 찾아야겠다고 생각했다. 탈출하려는 마음을 가지고서는 도저히 이 삶을 즐길 자신이 없었다. 힘든 상황을 피하거나 떠나기를 갈망하기보다 그 안에서 즐거움과 행복의 요소들을 많이 만들어야 그 상황을 잘 지나갈 수 있을 것만 같았다.

집안일 중에 내가 가장 하기 싫으면서도 아까워하는 시간이 바로 설거지하는 시간이다. 좋아하는 식물을 부엌 공간에 두었다. 설거지하면서 식물을 보고 잎을 살펴본다. 하기 싫은 일을 해야만 하는 시간에 좋아하는 일을 함께하니 어느새 견딜만한 시간이 된다. 가끔 떠나는 호캉스보다는 매일 침대에서 사용할 이불을 호텔 이불로 장만하는 일이 더 좋다. 매일 눈뜰 때마다 호텔에서 자는 것 같은 즐거움을 누릴 수 있기 때문이다. 이렇게 매일 반복되는 일상에 즐거움을 느끼는 작은 조각들을 끼워 넣어 본다. 그때마다 내 삶이 더 맛깔나게 느껴진다.

이런 생각의 전환은 우리 가족의 여행 스타일도 바꾸었다. 한 번의 큰 여행 대신 작은 여행을 자주 누리기로 한 것이다. 일상에서 자주 벗어나는 캠핑을 선호하게 된 것도 그 때문이었다. 계절의 변화에 따라 매번 새로운 풍경과 향기를 맛볼 수 있는 캠핑 여행은 언제나 새롭다. 마음먹으면 당일로도 바로 캠핑을 떠난다. 꼭 잠을 자야만 하는 것은 아니라고 생각을 바꾸기만 하면 된다. 작은 팝업 텐트를 펼치면 시작되는 간단한 캠핑이나 돗자리만 있어도 되는 피크닉이 때로는 더 가볍고 좋기도 하다.

10년이 넘는 시간 동안 캠핑을 해 왔지만, 막내가 태어나고 난 후에는 모든 게 무겁게 느껴졌다. 하룻밤 자고 오기 위한 짐들이 너무 많았다. 이렇게 챙길 것들이 많아 무겁게 느껴질 때면 간단한 장비만 챙겨 가볍게 집을 나섰다. 하얀색 파라솔, 캠핑 의자, 작은 테이블, 돗자리, 팝업 텐트를 챙겨

바닷가에서 한참을 놀고 때로는 간단한 식사를 해 먹기도, 때로는 근처 맛집을 찾기도 했다. 이렇게 가볍게 떠나 자연을 누리고 온 날은 온 가족이 마음이 충만해져서 집으로 돌아왔다.

인지 심리학자 김경일 교수는 행복은 목적이 아니라 도구라고 말했다. 행복해지는 순간의 목록을 늘려 가면서 에너지가 고갈되기 전에 자주 꺼내어 쓰라는 것이다. 행복한 순간의 목록을 많은 사람일수록 꺼내어 쓸 행복의 목록이 더 많아지고 더 행복에 가까워진다는 말에 공감했다. 그 말을 듣고 나에게 힘을 주는 행복의 목록들을 적어 보았다.

매일 아침 책상 위 식물에 물을 주고 잎을 살피는 일, 침대 위 이불을 가지런히 정리하는 일, 계절에 따라 커튼을 바꿔 다는 일, 보송보송한 수건을 가지런히 정돈하는 일, 내가 좋아하는 커피잔에 커피를 내리는 일, 마음에 드는 문장에 밑줄을 긋는 일, 과일과 채소로 건강한 밥상을 차려 내는 일, 아이들과 밥상에서 작은 감사를 나누는 일, 주말 새벽 산책하고 커피 한 잔을 마시는 일, 저녁에 맨발로 집 근처 운동장을 산책하는 일 등등 이렇게 아주 작아 보이는 행복의 목록을 적어 두고 그 목록의 수를 조금씩 더 늘려가기로 마음먹었다.

작은 행복의 목록들을 꾸준히 모으려면 일상을 소중히 돌봐야 한다. 특별히 하기 싫은 일을 해야만 하는 순간에 행복의 목록을 꺼내어 함께 놓아두는 일을 잊지 않는다. 하기 싫은 마음으로 힘든 순간, 그걸 좋은 마음으로 바꾸도록 도와주는 자신만의 작은 행복의 목록을 챙겨 보자.

오늘의 초록

스파티필름

스파티필름은 실내에서 백조처럼 하얀 꽃을 피워 우아함이 느껴지는 식물이에요. 공기 정화 능력이 뛰어나면서 음지에서도 잘 견디는 식물이라 화장실에 놓아두면 냄새 제거와 인테리어 효과를 동시에 누릴 수 있어요. 햇빛이 많지 않아도 잘 자라지만 일주일에 한 번 정도는 바람과 빛을 제공해 주세요.

오늘의 초록

8

맨발로 걸으며

　작년에 새벽 글쓰기 모임에 참여하면서 어싱을 알게 되었다. 함께 글쓰기 하는 분들이 맨발 걷기 하는 사진을 자주 공유했다. 사진을 볼 때마다 궁금해지고 호기심이 일었다. 맨발 걷기라는 건 막연하게 어르신들의 운동이라고 생각했는데, 매주 맨발 걷기 일상을 올리는 언니들의 글을 볼 때마다 궁금증이 생겼다. 숲속을 맨발로 걷는 느낌이라는 게 대체 어떤 느낌인지 경험해 보고 싶었다. 이런 나를 보던 남편은 자신의 사무실 근처 숲속에 맨발 걷기 길이 조성되어 있다고 했다. 그리고 이미 점심시간에 밥을 먹는 대신 맨발 걷기를 한다는 게 아닌가. 나만 몰랐던 그 세계가 궁금해서 아이를 데리고 그날 바로 어싱을 체험하러 가 보았다.

　내가 간 곳은 '한숲 어싱길'이라는 곳이었다. 어싱(Earthing)은 지구라는 단어에서 파생된 단어로 지구 표면에 존재하는 에너지에 우리 몸을 연결하는 것을 의미하는 단어이다. 흔히 맨발로 땅 위를 걷는다는 의미로 사용된다. 우리 몸에는 양전하를 가진 전류가 흐른다. 우리가 맨발로 땅에 접촉하게 되면 몸의 양전하가 땅의 음전하를 만나 이온교환이 일어나게 된다. 우리 몸의 정전기는 땅으로 빠져나가게 되고, 땅의 음전하가 발바닥을 통해 몸으로 들어오게 되는 것이다. 이 과정에서 우리 몸의 세포는 음전하와 양전하의 균형이 생기고 에너지 밸런스가 맞춰진다. 우리 몸에 각종 질병을 유발하는 활성산소가 사라지고 염증은 억제되며, 혈액이 맑아진다니 해보지 않을 이유가 없었다. 나는 건조한 가을과 겨울이면 수시로 온몸에 정전기가 일어서 따끔거렸다. 지금 내 몸은 양전하가 폭발 중이라는 걸까?

숲길에 조성된 황톳길이 깨끗하고 단정해 보였다. 황토를 밟으며 산책하니 자연 속에 와 있는 느낌이 들었다. 시원한 감촉이 발을 감싸 안았다. 지구와 하나가 된다는 마음으로 한 발, 한 발 내디뎌 보았다. 나보다 아이의 반응은 훨씬 더 감동적이었다. 도무지 집에 갈 생각이 없는 듯, "한 바퀴 더!!" 돌고 싶다고 말하는 아이와 꽤 오랜 시간을 함께 걸었다. 발바닥이 간질거리는 느낌이 들었다. 저절로 건강해지는 느낌이었다.

　어싱의 치유 효과를 누리면서 여름의 저녁이면 집 근처 운동장에서 맨발 걷기를 하던 어느 날 윤석화 님의 인터뷰 기사를 읽었다. 사실 그녀의 뇌암 소식을 들었을 때 내 마음은 죽음을 먼저 보고 있었다. 아무리 화려했던 삶을 살았던 배우도 죽음 앞에서는 어쩔 수 없는 일이라고 생각을 했다. 나도 모르게 그녀의 불행을 내 마음대로 단정했다. 그러나 '암'이라는 무서운 질병 앞에서도 그녀의 삶은 오히려 더 생명력이 느껴졌다. 매일 새벽 마당에서 맨발 걷기를 하며 감사기도를 드린다고 한다. 모두가 알다시피 암이라는 게 워낙에 생명력이 강하다. 없어진 줄 알았던 이 병은 어느 순간엔가 살아남아 자기 생명을 끝끝내 이어 가는 모습을 수없이 보여 왔다. 나라면 그 상황이 너무 두려울 것 같다. 그런데도 그녀는 죽기 전까지 미리 죽지 말고 암보다 더 큰 긍정의 어떤 부분을 바라보라고 조언한다. 힘든 일이 생길 때 힘든 일 안에 갇히기 쉽지만 조금만 시선을 바꾸면 그럴 이유가 없다는 것이다. 마음이 뭉클했다.

식물에 병이 들어서 잎이 상하거나 다치더라도 죽은 것에 대해 마음이 갇히지 않아야 한다. 사람이 자신의 병을 어쩌지 못하듯 식물도 마찬가지다. 아무리 좋은 것을 제공해도 죽는 식물들이 생긴다. 죽어 가는 식물이 있을 때, 그래도 할 수 있는 일을 하며 기다려 줄 필요가 있다. 물을 주고 마른 잎들을 제거한다. 그리고 필요하다면 영양분을 충분히 준다. 내가 할 수 있는 것은 그런 것뿐이다. 그렇게라도 식물을 돌보려는 마음이 포기하는 마음보다는 훨씬 의미 있다.

이 세상에는 내가 어쩌지 못하는 영역의 일이 있다. 그때 내가 할 수 있는 일은 그저 할 수 있는 것을 하나씩 하면서 그 순간을 지나가는 일이다.

내 안의 동맥류는 늘 존재하지만, 나는 지금 내가 할 수 있는 일들을 즐겁게 한다. 나의 소중한 시간을 지배하는 기회를 내 질병에 넘겨주지 않는 것이다. 언제 올지 모르는 순간에 대한 두려움과 불안이 나를 마음껏 주무르지 않도록. 내 삶을 두려움과 불안이라는 존재에게 내어 주지 않기로 한다.

맨발로 걸을 때마다, 한번 더 다짐한다.

내 발이 흙에 닿을 때의 느낌과 그 순간의 행복감을 기억하려고 한다. 시원하고 보드랍게 감싸 안아 주는 황토의 느낌 덕분에 마음이 평화로워진다.

오늘의 초록

9

내 삶을 더 단단하게

차가 밀리는 고속도로에 서 있다가 답답함을 참지 못해서 오디오북을 켰다. 전자책 사이트를 열었더니 그날따라 유난히 존재감을 내뿜는 초록색 책이 관심을 끌었다. 드로우 앤드류라는 젊은 청년이 쓴 『럭키 드로우』라는 책이었다. 오디오북을 통해 그의 이야기를 듣다가 무언가에 홀린 듯이 그 자리에서 책을 샀고 유튜브 채널을 찾아 그가 올린 영상을 보았다.

드넓은 통창 너머로 보이는 한강, 감각 있게 배치된 초록 식물들과 인테리어, 여유로워 보이는 삶의 루틴, 자신감 넘치는 태도. 너무도 부러운 광경이었다. 그는 25살에 미국에서 인턴으로 디자인 일을 시작한 청년이었는데 밤낮없이 회사의 일을 제 일처럼 열정을 쏟아 낸다. 회사는 그의 열정 덕분에 나날이 성장했다. 그러던 어느 날 해고 통보를 받는다.

자신의 회사인 것처럼 '회사의 가치'를 키우는 데 열중하느라 정작 '자신의 가치'를 키워 놓지 못했던 것이다. 그 후 새로 이직한 회사에서 정해진 일만 하고 정해진 시간에 퇴근하는 무기력한 시간을 보낸다. 철저하게 일과 삶을 분리한 '워라밸'에 집중하는 삶을 살기로 한다. 그러나, 워라밸을 지킬수록 무력감이 더 커진다는 것을 알아차린다. 그런 평범한 일상에 만족하지 않고 좀 더 열정적으로 자신이 좋아하는 것을 찾아 나간다. 그리고 좋아하는 일에 몰입하며 자기 삶을 멋지게 찾아가는 모습이 나에겐 신선한 자극을 넘어 충격을 주었다.

직장에서의 워라밸을 중요하게 생각하는 세상이다. 일은 적당히 하고 퇴근 후의 삶을 잘 살아가려는 마음이 나를 평범한 일상에 만족하는 사람으로 살아가게 한다는 생각은 해보지 못했다. 사실 나에게는 퇴근 후의 삶이 무척이나 소중했다. 직장에서의 삶은 왠지 공허했고 때로는 나의 에너지를 몽땅 쓰는 것이 의미 없이 느껴지기도 했다. 보람으로 하는 일이지만 때로는 기운 빠지는 일이 더 많을 때도 있었다. 그래도 내가 좋아하는 것을 교실로 가져왔을 때 학교에서의 시간이 더 즐겁고 신이 났다. 그렇다면 내가 진짜 좋아하는 것들을 찾는 것이 먼저라는 생각이 들었다. 일과 육아라는 투잡의 세계에서 서서히 지쳐가던 내게 진짜 해결 방법이 보이기 시작했다. 뭐가 답인지 모르고 버티는 마음으로 집과 학교를 오가는 일상에 찌들어 살다가 비로소 진짜 중요한 질문을 시작했다.

"나는 언제 행복함을 느끼는가."
"나는 어떤 일을 좋아하는가?"
"내가 좋아하는 일로 성공하는 방법은 뭘까."
"내가 좋아하는 일로 돈을 버는 방법은 뭘까."
"나다운 것은 과연 뭘까."
"나는 과연 나답게 살고 있을까?"

나를 새로운 탐구로 이끄는 질문들이 끊임없이 내 안에서 쏟아져 나왔다. 마흔이 넘어서 진짜 나 자신에게 질문할 수 있게 되었다. 인생은 기니까 중년에도 자신을 위한 질문은 여전히 중요하다. 내 인생, 중년이라는 이 황금기를 내가 아닌 모습으로 살고 싶지 않았다. 좋아하는 일을 즐겁게 하면서 그게 돈이 되는 경험이 더 중요하다는 생각이 들었다. 부동산이나 주식보다 더 키우고 싶은 것은 나 자신이었다. 다른 무언가에 투자하기 전에 나 자신에게 투자하고 싶었고, 의무감에 억지로 하는 것과 좋아서 하는 것을 구별해 나가려고 노력했다.

문요한 님은 『오티움』이란 책에서 자신의 영혼이 작은 기쁨을 느끼는 나만의 세계를 만드는 것도 훌륭한 삶이라고 말했다. 그런 삶은 능동적 여가 활동을 함으로써 시작된다고 한다. 누가 시키지 않아도 능동적으로 몰입하는 나만의 오티움이 무엇일까 생각해 보았다. 좋아하는 것이 무엇인지 대한 질문을 받을 때 그 질문에 대한 답은 매번 변화가 있었다. 좋아하다가 싫어지는 것들도 있고 좋은 줄 알았는데 꾸준히 되지 않는 것들도 있었다. 그러나 책을 읽는 것, 초록 식물을 가꾸는 것, 자연 안에서 캠핑하는 것, 글을 쓰는 것 그리고 아이들에 관한 좋음은 늘 변함없었다. 꾸준히 내가 좋아하는 것들이 있다면 그게 나를 설명해 줄 수 있다. 자신에 관한 질문에 답을 찾았다면, 이제 내가 좋아하는 일들을 세상에 내어놓기만 하면 된다. 책을 꾸준히 읽으면서 조금씩 쓰기를 했다. 어떤 보상이 있는 건 아니었지만 다양한 독서에서 정리하는 독서로 그리고 생각하는 독서로 나아가면서 쓰기로 자연스럽게 연결되었다. 그걸 블로그에 올리면서 세상과 조금씩 소통하게 되었고, 작은 연결고리가 생기면서 그게 또 다른 삶의 원동력이 되었다.

결국은 아이를 키우는 동안 포기했던 진짜 나를 찾는 일이 가장 시급하고도 중요한 일이었다. 나를 둘러싼 역할에 너무 치우쳐서 오랜 시간 나 자신을 외롭게 했다는 생각이 든다. 그리고 타인을 보며 가졌던 헛된 기대를 나라고 착각해서 나를 괴롭히기도 했다.

나 자신을 있는 그대로 인정하는 일에는
언제나 많은 용기가 필요하다.
되고 싶은 나와 진짜 나 사이에서 많이 헤매고 헷갈렸다.
그러나 수많은 마음의 끝에 나 자신을 있는 그대로
존중하는 법을 조금씩 알아 간다.

서두를 필요도 반짝일 필요도 없고, 자기 자신 외에는 아무도 될 필요가 없다는 버지니아 울프의 말처럼 나 자신으로 살아가는 일에 조금 더 집중하기로 했다. 엄마가 아닌 나로 잘 살아갈 때 내 아이들 역시 자신으로 살아가는 법을 몸으로 배울 것이다. 내가 아닌 것들로 소중한 삶을 낭비하지 않으려고 한다. 하지만 새로운 일에는 언제든 손을 뻗어 경험해 보기로 한다. 좋아하는 것들의 세계가 점점 넓어지고 깊어지면 좋겠다. 좋아하는 영역을 확장하고, 깊이를 넓혀 가면서 나에게는 더 다정해지고 세상 밖에서는 더 단단하게 살아 갈 것이다.

〈오늘의 초록〉

　　나 자신을 있는 그대로 인정하는 일에는 언제나 많은 용기가 필요하다. 되고 싶은 나와 진짜 나 사이에서 많이 헤매고 헷갈렸다. 그러나 수많은 마음의 끝에 나 자신을 있는 그대로 존중하는 법을 조금씩 알아 간다.

: 다정한 초록으로, 삶이 더 단단해지는 시간

언젠가 모소 대나무에 관한 영상을 본 적이 있다.

중국 극동지방에서 자라는 이 대나무는 씨앗을 뿌리고 첫 4년 동안은 겨우 3cm 밖에 자라지 않는다고 한다. 그러다 4년이 지나고 나면 하루 30cm씩 자라 6주 동안 15m까지 무섭게 성장한다. 뿌리를 깊이 내리고 나서 그 힘으로 순식간에 울창한 대나무 숲을 만드는 것이다. 아이들을 키우는 동안 나는 자주 모소 대나무를 떠올리며 나라는 사람이 멈춰 있는 것만 같던 시간을 지나왔다. 4년이라는 긴 시간 동안 이 대나무가 하는 일이란 오직 '뿌리를 내리는 일' 뿐이었다.

첫째 아이와 8살 터울, 둘째와는 6살 터울의 늦둥이 막내를 키우게 되면서 내 삶의 시간은 세상의 시간과 맞지 않게 느리게 흘러갔다. 자주 멈추어야 했고 또 너무 느려서 내가 자라고 있는 건지 도무지 알 수 없는 막막함은 나를 자주 움츠러들게 했다. 내 손길을 누린 아이들은 자신들의 숲을 열심히 가꾸어 가기 시작했는데 나는 그 자리에 머물러서 아이들을 좁은 세상에 가두는 게 아닌지 염려가 되었다. 그제야 나는 외롭게 버려두었던 나만의 나무도, 숲도 가꾸어 보고 싶어졌다. 생각해 보니 내가 아이를 기르던 그 긴 시간은 막연한 멈춤의 시간이 아니라 나를 단단하게 채우는 뿌리의 시간이었다는 생각이 든다.

어린 시절 받았던 상처, 불안과 우울, 타인을 원망하거나 미워하는 마음, 불평과 불만과 같은 것들이 원치 않아도 자주 내 삶에 끼어들었다. 이런 뾰족한 마음들은 사실 나를 돌봐달라고 말하는 일종의 신호였다. 하지만 알아채기 쉽지가 않았다. 매일 물주며 잎을 정리하던 고요한 시간에 소란스러웠던 내 마음을 더 자주 돌볼 수 있었고 그 시간이 나에게는 큰 위로가 되었다.

매일을 사랑할 이유가 충분한 싱그러운 6월이다. 날마다 집 안팎에서 누리는 초록들이 다정하게 말을 건다. 이제 나는 어디로든 잎을 뻗으며 자랄 수 있는 사람이 된 것 같은 기분이다. 세상에 대한 두려움과 걱정으로 움츠려 있던 시간이 무색해질 정도로 어디로든 성장하고 싶다는 마음이 조금씩 커져 나간다. 그리고 그때마다 내가 조금씩 더 좋아진다.

저마다의 초록이 너무도 다채롭다는 것을 식물을 키우며 배웠다. 아침의 초록, 햇살 받은 초록, 비 내리는 날의 초록, 작은 새싹의 여린 초록과 한참 피어나는 생기 넘치는 초록 그리고 오래된 잎의 묵직한 초록이 모두 저마다 다르다. 초록이라는 한 가지 이름으로 그 다채로움을 뭉뚱그려 부르지 않고 각자에게 걸맞은 다채로운 이름을 가져야 알맞다.

우리에게도 자신만의 초록이 있다. 나에게는 그것이 식물을 기르는 일이었다. 식물이 내게 와서 머물더니 서서히 삶의 모든 것을 바꾸었다. 마음이 평온한 삶을 누린다는 게 얼마나 아름다운 일인지 식물을 키우며 자주 생각한다. 여러분도 마음이 평화로워지는 자신만의 다정한 초록을 발견하길. 그로 인해 여러분의 오늘이 단단해지기를 바라며 글을 마친다.

나의 시선을 바꾸면 삶은 언제나 감사할 것들로 가득 차 있다는 걸 알게 됩니다. 내가 받는 감사를 헤아려 볼수록 감사할 일들은 더 많아지는 마법을 만납니다. 순전히 내 마음을 바꾸어 보기만 해도 감사할 일이 이렇게 많다는 사실에 매번 놀라는 마음이 됩니다.

언제나 저를 위해 옳은 길을 마련해 주시고 제 삶을 사랑으로 채워주시는 하느님께 먼저 감사를 드리고 싶습니다. 신앙은 중심 없이 흔들릴 수 있는 제 삶이 단단하게 지탱할 수 있는 뿌리가 되어 줍니다.

나라는 사람의 식물 키운 이야기나 생각들이 누군가에게 닿을 수 있을지 의심으로 가득 차 있을 때 끊임없이 있는 그대로의 나를 긍정하도록 해 주신 분이 있습니다. 바로 밀알

샘 김진수 선생님이십니다. 선생님을 만나 내 삶을 글로 옮기는 일에 작은 용기를 낼 수 있었습니다. 또, 이런 글이 진짜 책이 될 수 있을지 몰라서 이 이야기를 세상에 내어놓을 때 많이 흔들리고 방황했습니다. 그때마다 제게 아낌없는 격려와 진심 어린 조언으로 더 좋은 글이 무엇인지에 대해 깊이 성찰하도록 용기를 주신 분이 있습니다. 가는 인연의 고리가 지금까지 연결되어 있다는 것이 기적처럼 느껴지는 인연, 교사 리더 배정화 선생님입니다. 선생님과의 인연이 더 깊어지고 있음에 감사합니다. 그리고 함께 성장하며 서로를 응원하는 따뜻한 공동체 자기경영노트 선생님들께도 감사의 말씀 전하고 싶습니다.

아이를 키우면서 평범한 일상의 많은 순간에 엄마를 생각합니다. 한 아이를 키워내는 데 필요한 수고로움과 사랑이 얼마나 큰지 매 순간 떠올리게 됩니다. 늘 든든한 배경이 되어주시고 아낌없이 베풀어 주시는 두 어머니 감사합니다.

각자의 색깔대로 건강하고 싱그럽게 자라는 나의 세 아들인 예찬, 예성, 예강이에게 사랑한다고 말해주고 싶습니다.

엄마의 책 읽고 글 쓰는 시간을 존중해 주고 곁에서 한결같이 응원해 주어 고마운 마음입니다. 그리고 제가 하는 모든 일에 응원과 사랑을 아끼지 않는 든든한 동반자이자 함께 성장하는 다정한 단짝 친구, 남편에게도 사랑하고 고맙다는 말을 전합니다.

내 마음을 치유해 주고 나와 더불어 성장하는 우리 집 초록 식물이 있습니다. 덕분에 매 순간 많은 것을 배우고 함께 자랄 수 있어서 행복합니다. 마지막으로 끝까지 이 글을 읽고 계신 당신께도 고마움을 전합니다.

오늘의 초록을 전하는,

윤미영 드림